タンゴ・イン・ザ・ダーク

サクラ・ヒロ

Hiro Sakura

筑摩書房

タンゴ・イン・ザ・ダーク

目次

タンゴ・イン・ザ・ダーク

0

いつか、暗闇の中を、Ｋと歩いたことがある。

深い夜だ。Ｋの姿はおろか、自分の足元さえ見えない。ただ、枯草の中を縫うようにうねる細い道が、ほの白く伸びているのがわかる。僕らはその曖昧な道をたどり、ゆっくりと前に進んでいく。

目を凝らすと、はるかかなたに地平線が見える気がする。しかし、雲に覆われた天の黒と、大地の黒の区別をつけるのは難しい。水平であるはずのその線は、とらえどころなく浮き沈みし、傾き、波打つ。

ひどく寒いのは、びゅうびゅう音を立てて木枯らしが吹きつけているからだ。砂が目に飛び込んでくる。

大丈夫？

枯草を踏んで歩きながら、Ｋに声をかける。Ｋは僕の少し前にいる。

うん。

Ｋの足は意外に速い。気がつくといなくなってしまいそうな気がする。こんな辺鄙な所で取り残されたらどうすればいいのか。なぜか突然そんな不安に駆られて、黒い大気の中へ腕を伸ばし、Ｋの手を握る。ほっそりとした指は、風に吹かれてすっかり冷たくなっている。

僕らは冬の夜の草原にいる。

車を降りてずいぶん歩いたのに、いつまでたっても何も見えない。細い道が、ひたすら続くだけ。

もう引き返さない？　何度かいおうとして、やめた。これはＫが、突発的にいきたいといい出した日帰り旅行だったし、車を運転したのも珍しく彼女のほうだったからだ。彼女はどちらかというと、というより明らかにインドアな女で、積極的に行楽地へ僕を誘うことなどめったにない。どういう気まぐれか知らないが、せっかく彼女がその気になってくれたのに、わざわざ水を差すようなことはしたくなかった。

見たいものがあるのだ、とＫはいった。行き先は教えてくれなかった。見てのお楽しみ、と笑っていたが、こんな人っこひとりいないような原っぱに何があるというのか。なんだか悪夢のような状況だ。

風の音に交じって、水の流れる音が響く。

もうすぐだよ。Ｋはぐっと力を込めて僕の手を握る。クラシックギターを弾きこなす彼女の握力は、見た目より強い。うん。わけがわからないながら、僕も力強くうなずいてみる。

やがて、僕らは小川の前にたどり着く。いつの間にか雲間から月が現れ、細い帯のような水を薄青く浮かび上がらせている。水音の具合からして、そう深い流れではない。ちょっと濡れるのを我慢すればたやすく向こう岸まで渡れそうだが、なぜか渡ってはいけない線が目の前に引かれているような感じがする。

川だね。僕がいうと、Ｋがうなずく。

この川が見たかったの？

Ｋは首を横に振り、がっかりしたようにいう。

今夜はいないね。

誰が？

蛍。

蛍？

やがて僕らはこの旅の根源的な間違いに気づく。Ｋは蛍を冬の虫と勘違いしていたらしいのだ。この川べりの土地は、蛍の生息地として有名なのだという。

ほら、蛍の光、窓の雪、って歌でいうでしょ。だから……。

そんな勘違い、初めて聞いたよ。蛍が出るのは夏だよ。先にいってくれたら、無駄足踏まずに済んだのに。

ごめんなさい、とKは謝り、自分の勘違いをひどく恥ずかしがったけれど、僕はもちろんちっとも怒ってなんかいなかった。むしろこの奇妙な旅の結末を面白がり、笑い転げさえした。Kはいつも冷静で論理的なので、彼女が失敗したり、間違えたりするところを見るのはすごく貴重な体験なのだ。

ひとしきり笑い合ったあと、僕らはゆっくり草原の中を引き返す。月が出たので歩きやすくなった。今度は僕が少しだけ前をいく。「ねえ」とKがいい、僕は振り返る。だが、彼女の顔を見ることはできない。月明りがスポットライトのように彼女を照らし、青白く塗りつぶしているからだ。

僕は意識を追憶に集中させる。何度も繰り返しそのシーンを再生する。けれども、マスターテープの破損した古い映画みたいに、映像の中のKの顔には、いつまでも白い穴が空いたままなのだ。

1

朝、目を覚ますと、隣には誰もいなかった。

僕は寝ぼけた頭のまま、そのことをぼんやり不思議に思っている。Kはどこへいったのだろう。僕はなぜ一人で眠っているのだろう。さっきまで見ていた夢の続きを見ているような感じだ。どんな夢を見ていたのかは思い出せない。なんとなく寂しい夢だったような気がする。

やがて、枕元に置いたスマートフォンがアラーム音を鳴らす。それを止めたとき、少し目が覚めて、これがいつもどおりの朝であることに気づく。

僕とKは別々の寝室で寝ている。同じベッドで眠ったのは結婚して最初の数日だけだ。睡眠が浅くなるので合理的ではないという彼女の主張に基づき、僕らは寝室を分けることにしたのだ。別にそれが寂しいと思ったことなどない。互いのプライバシーを尊重できるこのシステムは僕も気に入っている。どうして今朝に限って、一人で眠っていることに違和感を覚えたりしたのだろう。

しかしそんなことは、すぐにどうでもよくなる。出勤の時間が近づいているからだ。僕はスヌーズ機能で何度目かに鳴ったアラームをようやく正式に停止させ、ベッドから起き上がった。六時十分だった。このところ仕事が忙しい上、朝の冷え込みが厳しいので寝起きはいつもつらい。昨夜も帰宅したのは十一時半ごろだった。

薄暗いリビングダイニングに入り、カーテンを開ける。Kの姿はない。いつも僕より少し早く起きて朝食を用意してくれるのだが。今朝は寝坊したのだろうか。

まあ、たまにはそういうこともあるだろう。あまり深く考えず、ティーバッグの紅茶を淹れ、トーストを焼く。紅茶はKが淹れてくれるものより味も香りも薄かったし、トーストは少し焦げた。Ｋは別に料理好きでもグルメでもないが、彼女が作るものはどれも手堅く美味い。とにかくレシピ通り正確に作るからだ。それにひきかえ、僕の作る料理はなぜかどれもパッとしない。慣れないせいもあるのだろうけど。

そういえば、自分でトーストを焼いたのはいつ以来だろう。パンの黒く焦げたところを前歯で剝がしながら考えてみたが、うまく思い出せない。もしかすると結婚してから初めてかもしれない。

本当に寝坊なのだろうか。ちょっと不安になってくる。Ｋは風邪でもひいてダウンしているのかもしれない。昨夜はどうだっただろうと思い返したが、僕が帰ったときにはもう寝ていたので顔を合わせなかった。テーブルにはラップのかかった天ぷらとみそ汁が置いてあり、僕はそれをレンジで温め直して食べた。天ぷらは僕の一番の好物で、Ｋの揚げる天ぷらはなぜか揚げたてじゃなくてもおいしい。

僕はかじりかけのトーストを放り出し、彼女の寝室へいった。ドアには鍵がかかっていた。

「大丈夫？　体調でも悪いの？」

ノックをして優しく声をかけると、

「ううん」

思ったよりもしっかりした声が返ってきた。なんだ、やはりただの寝坊だったのか。

「珍しいね、寝坊なんて」

僕がからかうようにいうと、Ｋは意外な反論をした。

「ううん、いつも通りの時間に起きてはいたんだけどね」

「それじゃ、どうして起きてこなかったの」

するとＫは少し迷ってから、

「今日は顔、見られたくなかったから」

と答えた。

「なんで?」

「ちょっと火傷したの。昨日、天ぷら揚げてるときに」

火傷? ミイラのように包帯で顔をぐるぐる巻きにしたＫの姿がよぎり、がぜん不安になる。

「大丈夫? 病院で診てもらったら?」

「ううん、ちょっとした火傷だから、心配しないで。小指の先でつついたくらいの。ほっとけばすぐ治ると思う」

軽い口調でいう。嘘ではなさそうなので、僕はほっとした。

同時に、「ちょっとした火傷」なら夫に顔ぐらい見せればいいのにと思ったが、まあ、女心とはそういうものかもしれない。Ｋは雪国の生まれで色白だから余計そうなんだろう。

「お大事にね」

いい残して、僕は役所へ出かけた。

2

僕はN市のこども課で働いている。その激務ぶりにおいてN市役所の中でも一、二を争う部署だ。

N市は都心から約一時間という場所にあるベッドタウンだが、数年前から始まった駅前の再開発が成功して急激に人口が増え、これに伴い待機児童の増加が問題となっている。そのため保育所の増設をはじめ福祉政策の実施が急務となっているのだが、いかんせん部署の人手が足りない。もともと足りなかったところに寿退社、育児休暇、鬱病による休職などが重なり、残されたメンバーにかかる負担は増える一方。その上やる気のない職員、やる気はあるが仕事ができない職員が多く、なまじ若くて無理が利くと目されている僕に、無茶な量の仕事が割り振られているというわけだ。

この日の昼間は市内の保育施設の視察でほとんど潰れた。N市は無駄に面積が広く、電車でいけない場所も多いので基本的に移動は車だ。僕は外回りが好きではない。車の運転は苦手だし、公用車はちょっとでもぶつけるとおおごとになってしまう。

せめて移動中僕ひとりだったら、好きなクラシック音楽でも聴いてリラックスできるのだけれど、あいにくこの業務は管理栄養士とコンビを組んで行うことが多い。同行する管理栄養士は富士田さんという非常勤の職員で、役人とは思えない明るい茶髪の若い女だ。彼女いわく役所に就職したのは「婚活のため」で、安定した収入と社会的地位のある地方公務員をゲットしようと目論んでやってきたものの、全然成果が出ないのでがっかりしているのだそうだ。

「それなりにモテるんじゃないの、富士田さんなら」

「それなりは余計ですよ」と富士田さんは唇を尖らす。「市民課の火野さんぐらいですかね、飲みに誘ってくれるのは。あのひと軽そうだし、メールがしつこいからシカトしてますけど」

それがいい、と同意してから、

「じゃあどんな男が好みなの」

と一応訊いてみると、サンジャニみたいなのがいい、という。誰それ、なに人《じん》？と訊くと富士田さんはゲラゲラ笑い、サンジャニというのは個人名ではなく六人組のアイドルグループの名前なのだと説明してくれた。富士田さんは給料のほとんどを彼らのライブのチケット代やCD代、グッズ代に費やしているという。

「でも、全部のイベントをコンプリートするにはお金が足りないんですよね。来週広島公演を観にいくんですけど、それでまた貯金ゼロ。非正規は給料安いですもん」富士田さんはいつの間にか火をつけたメンソールの煙草を吸いながら愚痴をいう。「早く結婚できたらいいんだけどなあ」

できたらいいね、といいながら僕は車の窓を開ける。煙草の煙と一緒にステレオから流れるサンジャニの歌声が窓から出ていき、代わりに冬の冷たい風が車内に入ってくる。

そんな具合なので、外回りは気が乗らないのだ。

しかも、昼間外出するとその分デスクワークがたまる。四時ごろ役所に戻ったあと、電話をかけなおしたり、メールを返したり、こまごました雑用をこなしているうちに定時になってしまった。非常勤職員である富士田さんはもちろん、他のメンバーも大半はこのタイミングで帰宅するのが常だが、富士田さんが珍しく定時後に僕のデスクへきた。

「三川さん、どうぞ」

書類が山積みになったデスクの端に、ラップに包まれた手作りっぽいクッキーを二個置く。

「差し入れ？　気を使わせて悪いね」

「えへへ。バレンタインぐらい、女の子らしくしたほうがいいと思って」

「そういえば、そんなイベントもあったな。忘れてた」

「パッとしないリアクションだなあ」と富士田さんは不服げだ。「奥さん相手のときはもうちょっと喜んであげたほうがいいですよ」

「いいんだよ、うちはそういうのないから」

「夫婦ゲンカでもしてるんですか」

「いや」めんどくさいな、と思いながら説明する。「バレンタインだけじゃなくて、クリスマスとか誕生日とか結婚記念日とか、そういう無駄なことはしないの」

「ハロウィンは?」

「その流れでハロウィンだけやる家があると思う?」

「それ、完全に倦怠期ですよ」

「うちは最初からこうなんだよ。結婚式もやってない」

するとと富士田さんは「えーっ」とこっちがびっくりするような大声で驚く。

「結婚式は女の子の一生に一度の晴れ舞台なのに。奥さんかわいそう」

「違う違う」やっぱりこんな話するんじゃなかったな。「おれは面倒だけど一応やったほうがいいと思ったんだよ。ヨメさんのほうがやりたがらなかったんだ。恥ずかしいからってさ」

「えー。でも誕生日ぐらいお祝いしてあげたほうがいいと思いますけどねえ。プレゼントもらって喜ばない女の子なんていないないですよ」富士田さんはまだ納得いかない様子で、「ねえ、課長!」と援軍を求めるが、課長は資料から禿げ上がった頭を上げて、

「いいんじゃないの、それぞれの家庭のやり方があって」とのんびりいう。「うちだってもう長いこと祝ってないよ、誕生日も結婚記念日も」

「もう、それこそ倦怠期だからでしょ」

「まあ、そうだな」課長は何かを悟りきったような顔でいう。「ところで、私の分のクッキーはないのかね」

富士田さんが帰ったあと、僕はクッキーをほおばりながら残業を続けた。クッキーは明らか

に義理のプレゼントに過ぎないし、なんだかボソボソしていて完成度は低い。しかし女の子に物をもらうのは久しぶりのことではあった。

プレゼントをもらって喜ばない女の子はいない。その意見はわからないでもない。僕だってKと知り合うまではそう思い込んでいた。付き合い出した当初は、下心もあったのだろうが僕なりに奮発してちょっと高価な時計やアクセサリーを贈ったこともある。でも、あるクリスマスのとき、「ハジメ君は優しすぎるんじゃないかな」とKは申し訳なさそうにいった。

気持ちは嬉しいんだけど、私、プレゼントをもらうのが昔から苦手だったの。うちの小学校ではクラス全員の誕生日をホームルームのときに祝う習慣があったんだけど、それがつらくて誕生日は学校を休んだぐらい。記念日のプレゼントって、すごく既存のフォーマットに沿った行動という感じがするでしょ。お芝居じみてるというか。私のほうがお祝いするのは別にいいんだけど、お祝いしてもらうのはなんだか申し訳ない気がするの。特に形が残る物をもらうと、プレッシャーになるのね。せっかく祝ってもらったのに、それにうまく応えられないんじゃないかって気がして。

それ以来、僕らは定期的な祝い事を一切しなくなった。Kの意見は理屈っぽいがまあ正論でもあると思ったし、怠け者の僕にはそのほうが楽でいい。結婚式も同様の理由で挙げないことになった。区役所に婚姻届けを出して終わり。マスクをつけた窓口の若い男が書類に目を落としたままつぶやいた「おめでとうございます」という言葉が、婚姻の瞬間を祝福する唯一の声だった。

「ずいぶん事務的なおめでとうだったね」

「牧師のコスプレした白人に、片言で祝福されるよりは実があっていいさ」

「それはいえてるかも」

冷たい風が吹く帰り道、そんないくぶんブラックな冗談で笑い合ったのを思い出していると、課長に声をかけられた。

「今日も遅くなりそうなの？」

クッキーをもぐもぐ食べながら訊く。

「そうですね」

「たまには早く帰ったほうがいいよ。家庭も大事にしないとね」

「お互い様ですよ」

そうだな、と課長は気弱に微笑む。僕らはN市役所内でも一、二を争う長時間労働者なのだ。

その日も帰宅したのは深夜で、Kはもう先に寝ているらしかった。もしかしたらさりげなくチョコレートが置かれてあったりしないかと少しだけ期待したが、もちろんなかった。リビングのテーブルには昨夜に続いて天ぷらが乗っていた。

3

翌日は土曜日で、珍しく休日出勤がなかった。おかげで僕は心置きなく朝寝坊をし、起きたときには十一時前になっていた。

寝ぼけ眼のままリビングに入ると、昼間だというのにやけに暗い。カーテンが閉じたままなのだ。Kはまだ起きていないのだろうか。しかしこんな時間まで？　もしかして病気なのだろうか、とここまで考えて、昨日の朝と全く同じパターンであることに気づいた。Kは今日も、火傷を隠すため寝室に閉じこもっているのだろうか。

寝室にいき、ノックをして声をかけてみたが、反応がない。どうしたのだろう。中で何をしているのか。いぶかりながらノブをひねると、ドアはあっさり開いた。室内には誰もおらず、物の少ない部屋はすっきり片付いている。

買い物にでも出かけたのかもしれない。なんとなく釈然としないものを感じながらリビングに戻ると、テーブルにメモ用紙が置いてあるのが見えた。さっきは気づかなかったのだ。家出でもしたのかと一瞬思ったが、その想像は間違っていた。メモにはKらしい几帳面な文字で、こう書いてあった。

しばらく地下室にいます。何かあったら電話かLINEください。　K

地下室？　僕は極細の黒のボールペンで書かれたその簡潔な文章を、ぼんやりした頭で何度か読み返す。ああ、そうか、地下室か。あぶり出しで文字が浮かんでくるみたいな感じで、じわじわ状況が理解できてくる。この家の地下には防音完備のオーディオルームがある。しばらく使っていなかったので忘れていたのだ。

僕らがこの、駅から徒歩二十分という微妙な立地の古い平屋を借りたのは、もともとこの地下室が目当てだった。僕らの共通の趣味は音楽で、僕はフルート、彼女はクラシックギターをやっている。騒音を気にすることなく合奏が楽しめる地下室がある家は、僕らにとって非常に貴重な物件だった。

僕らの音楽の趣味は微妙に違っていて、Kはバッハやモーツァルトなどの古典を好み、クラシック以外の音楽はほとんど聴かない。一方僕はシューマンやチャイコフスキーなどのロマン派が好きで、ジャズやボサノヴァ、ロックなんかも聴きかじる雑食派。だが、幸いなことに二人そろって熱烈に好きな音楽家がいた。現代アルゼンチンタンゴの巨匠、アストル・ピアソラだ。結婚したばかりのころは、休日になるたびに二人で地下にもぐり、一日中ピアソラやバッハの二重奏を楽しんだりしていたものだ。

もっとも近ごろは忙しくてフルートを吹く暇なんてないし、Kのクラシックギターも長らく聴いていない。地下室はいつの間にか物置代わりになり、忘れ去られていたというわけだ。せっかく家賃を払っているのだから使わないと損だとは思うけれど、だからといって妻が一人で入るというのはいかがなものか。

僕は軽くため息をつき、階段を下りた。地下フロアへ続くドアは、予想通り鍵がかかっている。防音仕様のドアはどっしりと重く、チャイムもついていない。

いやな感じがした。地下にはオーディオルームだけではなく、小さなキッチンとトイレ、シャワーまで設置されている。そして、それらの設備はすべてこのドアの向こうにある。つまり、一度地下に下りて鍵をかければ、理論上、地上の住人と一切コンタクトをとることなく生活を完結させることが可能なのだ。この風変わりな家を建てたのは昔少し名を知られた作家だか詩人だかで、仕事が切羽詰まると地下にこもり、何か月も家族と顔を合わさず過ごしていたのだという。

「ご主人も奥さんとケンカしたからといって、地下にこもったりしないでくださいね」

初めてこの家を内覧にきたとき、不動産屋がそんな悪趣味な冗談をいったのを思い出す。そのときの僕らは幸せな新婚夫婦らしく、明るく笑い飛ばしたものだったけれど。

いや、別に僕らはケンカをしたわけではない。リビングに戻って思い直す。それに、偏屈な作家が暮らしていた昭和末期と違い、今は地下室と連絡をとる手段ぐらいいくらでもある。Kのメモにも「何かあったら電話かＬＩＮＥください」とはっきり書いてあったではないか。

やれやれめんどくさいな、と思いながらKにＬＩＮＥのメッセージを送った。Kは電話嫌いで、よほどの急ぎでない限りメールを使う。

おはよう。起きてる？

おはよう。起きてるよ。

すぐ返信がきた。たぶんとっくに起きていたんだろう。

なんで地下なんかにいるの？

きのう話さなかった？

顔に火傷したから、しばらく見られたくないって。

もちろん覚えてるよ。

でも、わざわざ地下に入らなくても

部屋にいればいいいんじゃないの。

だって今日はハジメ君、仕事お休みで家にいるでしょ。
トイレにいくときとかに、顔を見られるかもしれない。

そこまで見られたくないのか？　女心はわからないでもないが、ちょっと神経質すぎやしないか。

ちょっとした火傷なんだろ？
おれ、そんなの気にしないから上がってきなよ。

あなたが気にしなくても、私は気になるの。

苛立ちがこみ上げてくるのを我慢して、僕は適切な返答を考える。元プログラマーだけに、この妻はロジックでしか動かない。感情的になった時点で負けなのだ。

じゃあ、こうしよう。
君が自室から出たときには、必ずおれは自室に入る。

決して顔を見ない。
それなら問題ないだろ?

無理だよ。見てはいけないものほど見たくなるものだから。

そんなことないよ。
おれは君の意志を尊重する。
今までもずっとそうしてきたじゃないか。

私の意志を尊重してくれるなら、
希望通りしばらくそっとしておいてくれないかな。
ごめんね。

いわれてみるとその通りだ。僕は昔から押しが弱い。

そっか。
気が向いたらいつでも上がってきなよ。

あっけなく交渉は失敗に終わったが、別に敗北感はなかった。Kと議論をするとたいていこうなるからだ。

気長に待つしかないな、とあきらめるのに大して時間はかからなかった。Kに倣って僕も論理的に考えてみる。第一に、女性が火傷や肌荒れを気にして人に見られたくないと考えるのはそれなりに正当性がある。第二に、その正当性を主張するKを論破する自信は僕にはない。第三に、Kのいうようにちょっとした火傷なら一週間もすれば治るだろう。そして第四に、その程度のあいだKに会えないとしても僕の生活に支障はない。

そういうわけで、僕はおそらく三年ぶりとなる一人きりの週末を過ごすことになった。地下室からは全く物音が聴こえないので、意識しなければKがいることを忘れそうになる。昼はインスタントラーメンをキャベツと一緒に煮て食べ、夕食は駅前で回転ずしを食べた。独身に戻ったような気がして、意外に快適だった。

4

Kはなかなか地下から出てこなかった。当初は二、三日で治る火傷だといっていたが、一週間、二週間過ぎても状況は変わらない。話が違うではないか。とは思ったものの、本人が顔を見せたくないといっているのだから僕としてはどうしようもない。互いの仕事やライフスタイルについて極力干渉しないのが、僕らのルールだ。

それに、Kが地下で生活するようになってからも、驚くほど僕の暮らしに変化は起きなかった。もともと平日は帰りが遅いからKと顔を合わせるのは朝食のときぐらいだったし、休日もダラダラ寝て過ごすことがほとんどで、このところ二人で遊びに出かけた記憶もない。セックスも一年以上していない。

互いに空気のような存在になる、などと熟年の夫婦がインタビューに答えているのを見ることがあるが、なるほどあれはこういうことだったのか。しかし僕らはまだ三十代中盤で、出会って五年、結婚して三年である。その境地に達するのはいささか早すぎやしないか、という気がしないでもない。

Kのほうも元気にやっているようだった。二、三日に一度はLINEのメッセージが届くし、今も平日の夕食だけは毎晩用意してくれている。なぜか主菜は天ぷらばかりで少々異様な感じだが、好物なので別に文句もない。

第一、残業帰りで疲れているからゆっくり味わう余裕なんてない。このごろは終電を逃してタクシーで帰る日が増え、選挙も重なったおかげで休日はほとんど返上することになった。今はそっちが大変すぎて、他に気が回らないというのが正直なところだった。

激務そのものが嫌いなわけじゃない。つらいのはいくら頑張っても報われないことだ。そもそも少子化対策は一つの市だけで解決できるような問題ではない。仕事のゴールが一向に見えないばかりか、なぜか市民の恨みを買うことさえある。N市では待機児童を抱えた市民の不満が高まる一方で、このごろは役所の前で若い主婦たちによるデモが行われたり、こども課宛てに苦情の電話がかかってくることも増えているのだ。

中には頭のおかしいクレーマーのような市民からの電話もあり、一時間、二時間にわたり辻褄の合わない恨み言を聞かされることもある。それでも無下に切ってしまうわけにはいかない。福祉関連の部署では、ときどき逆恨みを抱いた人物が乗り込んで刃物を振り回すといった事件が起こる。「我々は公僕なのだ」という課長の口癖を思い出し、耐えるほかない。

学生時代の友人に会うと「公務員はいいよな。ラクだし安定してる上に民間より儲かるんだから」などと嫌味をいわれることがあるが、激務で体を壊し辞める職員は少なくないし、その後の再就職は民間企業経験者よりも難しい。「つぶし」が利かないという意味では必ずしも民間より安定しているともいえないのだ。もちろんそれなりの覚悟とスキルさえあれば転職は不可能ではないが、三十五歳の僕にはもうそんな気力はない。

そういう状況のせいもあって、Kのことはいっそう意識から遠ざかっていった。同居していること自体、完全に忘れているときもある。特に朝、一人で身支度をして出かけるときなど、家に誰かを残しているという意識はほとんどない。

帰宅してみると必ず冷めた夕食がテーブルに乗っているので、かろうじてKの存在を思い出すことになる。ただしそれは必ずしも心温まる感覚ではない。もちろん料理を作ってくれることには感謝しているのだけれど、この家の地下で妻が気配を消して暮らしていると想像すると、なんとなく居心地が悪くなる。手つかずのまま残った夏休みの宿題のことを思い出すときみたいな感じだ。

役所の仕事は不毛な苦役にほかならなかったが、家庭のささやかな異常を忘れさせてくれるという点だけはありがたいといえた。

ただし、あらゆる物事には例外がある。職場にいるにもかかわらず、Kのことを思い出させる男が一人だけいる。

「三川さん、たまには飲みにいきましょうよ」

この日も定時を過ぎたころ、「例外」が背中から声をかけてきた。振り返らなくても誰かはすぐわかる。隣の部署で働いている火野である。

「悪いけどまだ仕事なんだ」

僕はモニターから目を離さずにいうが、火野は構わず僕の隣の椅子――休職中の田中の席だ――に腰を下ろした。

「ちぇー。最近三川さん付き合い悪いなあ。じゃあ今度の金曜日はどうです。合コンやるんすよ。久しぶりに三川さんもきてくださいよ。男連中の集まりがどうも悪くって」

「おれはもうおっさんだし、第一既婚者だよ」

火野はうひひひ、と悪魔じみた笑い声を上げた。

「またまたー、三川さんならまだまだ全然イケますって。既婚者っつっても全然所帯じみてないしシュッとしてますからね、黙ってりゃわかりっこないすよ。そんな顔して実はちゃっかりどっかで遊んじゃってるんじゃないんすか?」

「人聞きの悪いことをいうな」

「そういや今日は富士田さんきてないんですか」

「今日は休みだよ」

「残念だなあ。おれ、あの子けっこう好みなんすよ。若くてピチピチしてていいじゃないですか」

「そうかな」

「そうかな」と火野は僕の口調を真似て見せて、「またまた、そんなこといってもう手を出しちゃってたりして!」

「おい、そういうことを大きな声でいうな」僕はあわてて声をひそめた。「変な噂になったらどうするんだよ」

「大丈夫ですよ」火野は邪悪な笑みを浮かべ、小声でいう。「芸能人と違って、我々みたいな庶民はよっぽど下手を打たない限り火遊びがバレることはないし、バレない限り誰に迷惑をかけるわけでもない。むしろ健康的な気晴らしともいえる。ここだけの話、わがN市役所の面々もけっこうお盛んなんですよ。ひそかに誰と誰が付き合ってるか教えて差し上げましょうか」

火野は日ごろよほど暇なのか、自席に座っていることはほとんどない。どこかへ外出して仕事をサボっているか、役所内をふらふら歩き回って誰かとおしゃべりに興じている。おかげで仕事はさっぱりできないが、N市役所随一の情報通として知られているのだ。

「聞きたくないよ、そんな生々しい話。頼むからよそでおれの名前を出したりしないでくれよ。火のない所に煙が立つこともあるんだから」

僕が眉をひそめてにらむと火野はへらへら笑いながら、

「これは失敬。今のは冗談ですよ、冗談」

あっさり前言を撤回したかと思うと、

「何しろ三川さんにはKさんがいますもんね。最近Kさん元気っすか？」

今度はまた別の面倒な話題を出す。

「まあね」

「最近全然顔見てないなー。久しぶりに会いたいなー。前は三川さんたまに家に呼んでくれたのに、最近なんかつれないすよね」

「そんなことないよ。忙しいだけだよ」

すると火野は急に神妙な顔になって、

「Kさん、変に生真面目なところがあるからなあ」

「……」

「ほら、お子さんのこと、まだ気にしてるんじゃないかなって」

「そんなことないさ」

「嫌なこと忘れるにはパーッと飲んで騒ぐのが一番なんすけどねえ。Kさんにもよろしく伝えてくださいよ。今度また一緒にパーティしましょってね」

「わかったよ、いっとくよ」

「ほんとですか？　約束ですよ」

くどくど火野が食い下がっていると、会議から課長が戻ってきた。

「ん、また火野君か。君らは仲がいいな」

「えへへへ、でもゲイとかじゃないすよ。何しろ僕ら合コン仲間ですからね」

「余計なことをいわなくていいんだよ」

堅物の課長はその話題には乗らず、

「しかし火野君のところはいつも帰りが早くてうらやましいね」

「あはは。うちは窓際ですから。僕にはこれぐらいが気楽でいいっすけどね」

火野は市の歴史資料館の運営を担当している。資料館といってもローカルな書家や歌人の作品などが少々置いてあるだけで、客は遠足で訪れる地元小学生ぐらいのものだ。

「それじゃ三川さん、さっきの件よろしくお願いしますね」

火野は手首が折れた人のようにぷらぷら手を振りながらオフィスを出ていき、僕は自分の耳にしか聴こえないボリュームで舌打ちをする。

再びモニターに目を移したが、せっかく高まりつつあった集中力はとっくに切れていた。

5

火野が余計なことをいったせいだ。富士田さんと顔を合わすたびに、変に意識してしまうようになった。

富士田さんは別に美人ではないし好みのタイプでもないが、若いという点では確かに火野のいう通りで、改めて見るとなかなかグラマーでもある。

あくまで同僚とのコミュニケーションを強化するためだ、と自分にいい聞かせながら、僕は彼女が好きなサンジャニの新曲をＹｏｕＴｕｂｅで聴いたり、メンバーの顔と名前を覚えてみたりした。おかげで移動中の富士田さんとの会話も多少は盛り上がるようになった。

「六人の中では誰が一番好きなの?」

あるとき何気なくそう訊いてみたことがある。すると富士田さんは、別に誰が一番とかはない、グループ全体が好きなだけなのだ、と妙なことをいった。

「そんなことってあり得るかな。六人もいたら顔も全然違うだろう。おそ松くんじゃないんだから」

「いいんですよ。六人そろってるときの雰囲気がかっこいいんです」

「でも、六人を同時に見るなんて器用なことはできないよね。やっぱり誰か一人か二人、メインで見るやつがいると思うんだけど」

「いえ、それが東アジア人の脳は器用にできてるんですよ」

東アジア人？

「一般に欧米人は人間の顔を個人でしか判別できないけど」富士田さんはすらすら続けた。「中韓や東南アジア人、日本人の脳は複数の人の顔を同時に見て平均化して、全体の印象として記憶することができるといわれているんです。よくもわるくもアジアは個人より共同体が尊重される社会だから、そういうふうに脳が進化したのかもしれませんね」

急にアカデミックな話になったな、と思ったがちょっと面白い。

「ふうん。だから日本じゃ、アイドルグループみたいなのがよく売れるのかな。そういえばヨーロッパやアメリカではそういうの、あまりない気がする」

「あー、そうかもしれませんね。大体、たくさんの人の顔をミックスするほど癖がなくなるんで、平均顔っていうのはおのずと整った顔になるんですよ。だから、一人ひとりの顔が別に大してハンサムじゃなくっても、それなりの恰好してそれなりの人数で集まってたらかっこよく見えちゃうわけです」

「しかし富士田さん、妙なことに詳しいね」

大学で心理学をやっていたのだと富士田さんは答えた。

「私、こう見えて昔はカウンセラー志望でしたからね」

こんないい加減なカウンセラーがいてたまるか。と思ったがもちろん口に出さず、

「でも、個々のメンバーがよく見ると大してかっこよくないとわかってしまったら、ファンとして気持ちが醒めちゃうんじゃないの？」

「そんなことないですよ」と富士田さんは乾いた笑い方をした。「全体として好きだから、それでいいんです。どうせそのうちの誰かと付き合ったりできるわけでもないし。そもそも、アイドルの追っかけをやる正当な動機なんてどこにもないわけでしょ？　アイドル好きな女の子なんて、ほんとは相手が誰だってかまわないんですよ。お金と時間を使って追いかけること自体に意味があるわけで」

なるほどね。僕はつぶやき、会話が途切れる。カーオーディオからは今日もサンジャニの新曲が流れている。六人の声がミックスされた平均的な声と、可もなく不可もないＪポップの音。

「あ、ちょっとスピード落として」

と急に富士田さんがいった。

「何？」

「ほら、桜ですよ。すごい満開！」

ビーズのついたネイルの示す方向を見ると、確かに民家の庭で桜が咲いている。もう三月の下旬なのに今年はなかなか暖かくならず、まだほとんど開いている花を見かけたことがない。こういうのを狂い咲きというのか。なんとなく惹きつけられ、僕らは車を停めて降りた。

その建物は産婦人科だった。しかし看板の文字はかすれてほとんど見えないし、庭も建物も荒れ果てて人の気配がない。おそらくかなり前に廃業し、ここを住居兼仕事場にしていた医師は引っ越してしまったのだろう。今にも崩れ落ちそうなボロボロの木造家屋を呑み込むように、庭いっぱいに枝を広げた桜が薄紅色の花びらをはらはらとこぼしている。ちょっと人類が滅んだあとの風景みたいでもある。

僕は一年前にKが死産したときのことを思い出した。二人ともあのときのことを語ることはないし、記憶も薄れつつある。しかし、あの出来事があって以来、僕らはセックスをしなくなった。意欲がなくなったわけでも仲が冷めたわけでもなく、僕の体が反応しなくなってしまったせいだ。

少し暗い気分になりながら桜を見上げていると、富士田さんがちょんちょんと僕の肩をつつく。「あれ」と指すほうを見ると、桜の枝越しに、ピンク色の建物が立っている。古ぼけたラブホテルだった。

「すごいですね」くすくす笑いながら富士田さんはいった。「産婦人科とラブホがこんな近くに」

「人生の皮肉を感じさせるね。でも、考えようによっては合理的なのかもしれない」

「ホテル側からしたら営業妨害かも」

「確かに、やる気が失せる」

僕らはこども課員にふさわしくない悪趣味な冗談で、ひっそり笑い合った。

6

この日も役所に帰ると仕事がたまっていた。それを片付けようとした矢先に電話がかかってくる。女の声が開口一番に「あなたのせいで人生むちゃくちゃになったんです。どうしてくれるんですか」という。

またこの女か。このところ、スズキと名乗るこの女は毎日のように電話をかけてきて、延々と同じ愚痴を吐く。聞くと女には二人の子どもがいるが、保育園が満員で預けることができず、そのため職場に復帰することができない。夫が失業したので生活は困窮する一方なのだそうだ。気持ちはわかるがそれは僕のせいではないし、僕にはどうすることもできない。早く電話を切って仕事がしたい。しかし女は何かにとりつかれたように延々としゃべり続けるのでなかなか穏便に話を打ち切ることができない。ようやく電話を切ったときにはもう定時を過ぎていた。

遅れを取り戻すべく猛烈な勢いで資料を作っていたら、今度は火野がきた。

「今日も残業ですか、大変ですねえ」

僕の背後に立ったまま話しかける。

「まあね」

「富士田さんは?」

「さっき帰ったよ」

「あっちゃー」僕より若いはずなのに、火野のリアクションは妙に古い。「今日もすれ違いかー。今日は急いで出てきたんだけどな。三川さんはいいなあ、同じ部署だし白昼堂々デートできるんだもんなあ」

「デート?」

どきっとして手を止め、火野を振り返る。やましいことは何もしてないのに、なぜかうろたえてしまう。

「今日もドライブだったんでしょう」

なんだ、それだけか。再びデスクに向かう。

「バカ、仕事だよ。役所の車で外回りするのはあまり好きじゃないんだ。ちょっとぶつけても大騒ぎになっちまうんだから」

「富士田さん、たぶん三川さんに気があるんじゃないですかねえ」

「そんなわけないだろ。君ぐらい若けりゃ話は別だけど」

「ちょっとしか変わんないじゃないすか。おれだってもう三十路なんですよ」

「アラサーとアラフォーの違いは大きい」

「じゃ、おれが富士田さんをとっちゃってもいいんですか」

「好きにしたらいいさ」

「えへへ。冗談ですよ。やっぱり職場恋愛はめんどくさいですからね。それにおれの本命は今でもKさんっすから」

僕は苦笑した。こういうことをぬけぬけいえるのも、才能かもしれない。

「そっちの方が問題だよ」

「ははは。でも三川さんが悪いんすよ、遊びにいきたいっつってんのに、いつまでも意地悪しておれをこさせまいとするから」

「仕事が落ち着いたら呼ぶよ」

何気なくそう答えたが、客を呼べない本当の理由はKが地下から出てこないからだ。嫌なことを思い出させるなよ。

「ちぇー、適当だなあ。あんまりおれを冷遇するとそのうちバチが当たりますよ」

「なんだよバチって。君はあれか、神か?」

「だっておれ、三川夫妻のキューピッドじゃないすか。キューピッドって確かマリア様の息子でしょう？　じゃあ神様みたいなもんですよね」

「キューピッドの母親はヴィーナスだよ、君こそ適当なことといってんじゃないよ。そのうち呼ぶから、仕事の邪魔はやめてそろそろ帰ってくれないか」

「はいはい、お邪魔様でした」

おどけた口調でいったかと思うと、火野は気配を消した。振り向くともういない。

「あの男は風のように現れて、風のように去っていくねえ」

感心したように課長がいうので、

「ずいぶん生臭い風ですがね」

と答えておいた。

7

この日は結局終電を逃してしまい、タクシーで帰ることになった。

タクシー特有のにおいと、ひんやりとしたシートの感触に包まれたとたん、眠気で意識が飛びそうになる。短い断片的な夢を見ては目覚める。

——だっておれ、三川夫妻のキューピッドじゃないすか。

火野の声が耳の中で再生される。弓を構えた可憐な少年神のイメージと火野の姿は似ても似つかないが、彼のいうことにも一理ある。確かに火野がいなければ僕がKと出会うことはなかっただろう。

火野にはわけのわからない人脈があって、彼の主催する合コンには一流企業のOLをはじめ、銀行員、女医、警察官、デザイナー、モデルなど実に多彩な女が集まった。その中で最も地味な女がKだった。彼女は当時IT系の小さなベンチャー企業でプログラマーとして働いていた。いわれてみると、確かに理系っぽい雰囲気だった。

そのコンパの席でも、彼女は群を抜いて目立たない存在だった。若くもないし、とりたてて美人でもないし、グラマーでもおしゃれでもない。かといって、合コンでここぞとばかりに活躍する「気が利く女」というわけでもない。飲み会自体にもあまり慣れていないらしく、幹事である火野が気を利かせて話を振ったとき以外はほとんどニコニコしてみんなの話を聞いているだけ。合コンというものがたいていそうであるように、その日も大した収穫がないまま解散となった。女性陣とは儀礼的にLINEのIDを交換し合ったが、誰にもメッセージを送らなかった。

ところが数日たって、僕はふとKのことを思い出した。正確にいえば、彼女が飲み会のときに見せた表情を思い出したのだ。彼女は終始感じのいい控えめな笑顔をしていたけれど、その微笑はよく磨かれた鉄板のように均一で、ほかの女が仕事の愚痴をこぼしているときも、火野がきわどい下ネタを飛ばしたときも、まったく変化しなかった。その時々にはほかの派手な女たちに隠れて記憶に残らなかった表情が、今になって妙に印象的に思い出される。彼女はあのとき、いったい何を考えていたんだろう。もしかしたら何かに対してすごく腹を立てていたのかもしれない。それとも開発中のゲームのアルゴリズムとか人工知能の未来像についてでも考えていたのだろうか。

何度か目が合った覚えがあるけれど、僕のことはどう思っていたんだろう？　そう思うと急に会いたくなり、ＬＩＮＥで連絡をとった。

次の休日、僕らはビジネス街にあるコーヒーショップで再会した。その場所を指定したのは彼女のほうだった。

「休日の繁華街って、どこいっても混んでるでしょ？」とKはいった。「せっかくのお休みなのに、わざわざ混雑している場所にいくのって、合理的じゃない気がするんです」

「まったく、同感ですね」

「でも、あんまりこういうこと、いわないほうがいいんですよね」

「どうして？」

するとKがものすごく苦いものを食べたときのように顔をしかめたので、僕はびっくりした。別に不機嫌になったり怒ったりしたわけじゃなく、彼女が何かを考えるときの癖なのだけれど、それがわかったのは少しあとのことだ。

「女の子らしくないとか、変わり者を気取ってるとか、いろいろいう人がいるから……」

「そんなこと、気にすることないですよ」

「三川さんなら、そういってくれるような気がしたから、きたんです」

「それはうれしいな。でも、どうしてそう思ってくれたの？」

「ちっとも楽しそうじゃなかったから。飲み会のとき。私と似てる、と思いました」

僕は笑った。

「よくわかりましたね。誘ってもらった手前、火野と一緒に場を盛り上げようと頑張ってたつもりだったんだけど」

「火野さんは心から楽しんでたかも」とKは笑った。「でも、私はああいう人、ちょっと苦手なんです」

「変わってるっていったら」ふと思い出して僕はいった。「LINEのメッセージの最後に、いつも、Kって頭文字だけ署名を書いてるよね。ケイさんって名前、漢字でどう書くんですか？」

「実はアルファベットのKなんです」

「あ、そうなんですか。驚いたな。アルファベットって名前に使えるんだ」

するとKはまた顔をしかめて、

「いえ、――なんていったらいいのかな。戸籍上では「恵」という漢字なんですけど、それは戸籍法でアルファベットが使えないからで、私の家ではKが正式名ってことになってるんです」

「へえ、ご両親がこだわりのある方なんですね」

「うちの父は哲学科の教授で、ちょっと変わり者なんです。それで、初めて子どもが生まれるときにも、「姓名判断に頼るのはもちろん、意味のある漢字を使うことで親の願いを託すなんて野蛮なことだ。なるべく意味のない、清潔な名前をつけよう」なんていって、性別に関係なくKと命名しようってことになったんだそうです。でも、知り合いの弁護士に訊いてみるとアルファベットは使えないとわかったので、やむなく戸籍上では漢字の「恵」をあてることにした。ね、変わってるでしょ？」

「確かに、あまり一般的とはいえないかもしれない」

彼女の持つ独特な雰囲気の理由が、いくらかわかったような気がした。

しかし、彼女の名前をめぐる奇妙な話には、まだ続きがあった。

「頑固な父もひとまずそれで命名について納得したらしいんですが、いざ子どもが生まれてみると、新たな問題が持ち上がりました」

「問題？」

「双子だったんです。おまけに一卵性双生児で、二人とも女の子。検査がいい加減だったせいか、生まれるまでわからなかったそうです」

「大変だ。苦心して名前を決めたのに、もう一人ぶん考えないといけない」

「ところが、また父が例の哲学を発揮しちゃって。今度は双子だから同じ名前にすればいい、なんていい出したんです」

　僕は飲みかけのコーヒーをちょっと噴き出してしまった。

「そりゃ、すごいな。でも、やっぱり法律上、それはできないんでしょう?」

「はい。でも、日本の戸籍では名前のフリガナまでは登録しないので、漢字表記が別々だったら問題ないんですよ」

「はあ」

　だんだん、頭がこんがらがってくる。

　Kはハンドバッグからペンを取り出し、テーブルに立ててあった紙ナプキンを一枚ぬきとると、

恵

悳

と、書いた。

「これ、ほぼ同じ字ですよね?」

「新字体と旧字体の違いだけですね。私が難しいほうの悳。戸籍係で揉めたけど、ぎりぎりO

Kってことになったそうです」

「読みは？」

「どっちもケーですよ」

長男だから一《はじめ》という平凡そのものの名前をつけられた僕にとっては、信じがたいほど複雑なストーリーである。

「でも、それじゃ家の中で呼ぶとき困るんじゃないのかな。名前も顔も同じじゃあ、区別のつけようがないですよね」

「もちろん」とKは苦笑した。「最初は実験的な思い付きで悦に入っていた父も、結局名前が同じ双子が家にいることの不便さに気づいて、妥協することになりました。私が姉だったので「お姉ちゃん」、妹を「K」と呼ぶのが習慣になったんです。学校の先生や友だちも、自然とそういう風に呼び分けるようになりました」

「いつも名前じゃなくて、お姉ちゃんって呼ばれるのって、どうなのかな？　変な感じとか、しないもんですか？」

「うーん」

Kは目を細めて、コーヒーカップをじっと見つめた。プログラマーという仕事柄もあるのか、少し猫背だ。それがなぜか、ちょっといいなと思った。

「よくわからないですね。普通の家庭でも、姉が「お姉ちゃん」と呼ばれるのはたぶんよくあるような気がする。それに、私の経験がどれだけ特殊であったとしても、私が他の人生を経験したことがない以上、それとどう違うのか、比較するのは難しいと思うんです」

Kの理屈っぽさは父親譲りなのかもしれない。

「確かに、その通りですね。僕の質問が悪かったのかもしれない」

「いいえ、そんなことないですよ」Kは首を振った。「三川さんのいいたいことはわかります。ごく控えめにいって、私が特殊な育ち方をしたのは事実ですから。それに――これはいろんな要因が絡まりあった結果だと思うんですけど――私と妹は全然性格の違う姉妹に育ちました。私は見ての通り地味でおとなしい女になったけど、妹は小さいころからすごく活発な子で、男の子にも人気があって、今では小さいながらアパレルブランドの経営者兼デザイナー。仕入れやファッションショーで海外を飛び回ってます。独身という点では私と同じですけど、理由は正反対。彼女はモテすぎて結婚できない」

Kは少し寂しそうに笑い、コーヒーを一口すすった。

「そしてKさん――つまり妹さんじゃなくてあなたは」と僕は質問をした。「モテないから結婚できない、と?」

「ええ。卑屈な女って思われるかもしれないけど、事実だから。気休めとかはいわないでくださいね」

「気休めなんていわないですよ。僕もそういうの、嫌いなんです。物事は率直に話したほうが絶対いい。Kさんのそういう話し方、僕、好きですよ」

「ありがとう」

「それに、Kさんがモテないって聞いて、ちょっと嬉しかったんです」

「どうして？」

「それだけKさんに会いやすくなる」

「お上手なんですね」

Kはクールにいったけど、白い肌にさっと赤みがさすのを、僕は見逃さなかった。

そのとき突然、

「お客さん」

店員が割り込んできた。

「なんですか突然」

「お客さん、お客さん」

店員には僕の声が聴こえていないようだ。しつこく「お客さん」と呼んでくる。

「だから、何の用なんですか……」

すると、今度は肩を強引につかまれ、ゆすられたのでびっくりして目が覚めた。

「お客さん、起きてください。着きましたよ」

目の前に、運転手の顔がある。役所帰りのタクシーの中で眠ってしまったのだ。

妙にリアルな夢だったな。

8

僕はいつものようにリビングで天ぷらを食べながら、タクシーの中で見た夢のことを思い返していた。夢ではあるが内容は事実そのままで、会話もたぶんあんな感じだった。案外よく覚えているもんだなと感心するのと同時に、何か引っかかるものも感じた。何だろう。何か大事なことを忘れているが、何を忘れたのかがわからない。

まあ、疲れているんだろう。あまり気にしないことにして皿を洗い始める。Ｋは今も地下にいるのだろうか。もう寝ているだろうか。

思えば出会ったときからちょっと変わった女だったが、まさか家の中で顔を合わさなくなるとは思わなかった。あのころは幸せだった、などと無責任に過去を美化するつもりはない。しかし、当時は僕らも今より少しだけ若く、知らないことも多かった。よかれあしかれ、人が変わるのは当たり前のことだ。近ごろは鏡を見ると、顔が昔の父親に似てきたと感じる。無理もない、五年後には四十なのだ。

一歳年下のＫも似たようなものだ。出会ったころの輝きがいくらか失われても仕方ない。初めて会ったとき、彼女はまだギリギリ二十代だったはずだ。Ｋは決して誰もがかわいいと口をそろえるような美貌の持ち主ではなかった。だが、静かに引き込まれるような独特の魅力があったのは確かだと思う。

そこまで考えたとき、漠然とした違和感の正体に気づく。

——どんな顔だっけ？

思い出せないのだ。あのころのKはもちろん、今のKの顔も。いや、さっきの夢では見えていたはずだ。しかし、あれだけリアルな夢だったにもかかわらず、何度頭の中で再生してもKの顔のところにだけポッカリ白い穴が空いている。

皿洗いを中断し、水を止める。まずは落ち着こう。大した問題じゃない。度忘れは誰にでもある。しかし僕はすでに思ったより動揺しているらしい。足にうまく力が入らない。念のためにシンクの端を手でつかみ、深い息を吐く。

完全にKの外見を忘れてしまったわけではない。遠くから見たときの雰囲気や華奢な体つきは思い出せる。ギター弾きにしては小さい手のひらや、意外に筋肉の引き締まったふくらはぎのかたち、静脈の浮いた薄い肌の質感なんかも。しかし、顔はダメだ。彼女の目が一重だったか二重だったか。鼻の長さ、角度。唇の厚さ。ほくろの位置。輪郭さえも全くわからない。結婚してから三年もの間、ほとんど毎日のように見ていた顔なのに。

僕の頭はおかしくなってしまったのだろうか。最近テレビで見た、相貌失認という単語が脳裏をよぎる。脳内の特定の部位が何らかの理由で故障すると、人の顔を顔として認識できなくなったり、記憶できなくなったりするという。それを連想すると怖くなったが、課長や富士田さんの顔は問題なく思い出せる。十五年以上会っていない高校時代の友人や教師の顔も。顔を認識する機能に問題はないということだ。

ならば、問題があるのは記憶力か。確かに僕はもともとけっこう忘れっぽいところがあるし、三十を過ぎてからはいっそう物覚えが悪くなったと自覚している。だが、日常生活や仕事に支障をきたしたことはまだないし、学生のころと比べて忘れっぽくなるのはたぶん当たり前のことだ。

いったい何が起こっているんだ？

僕は洗い物を放り出して椅子に座り、テーブルに両肘をついて考える。大したことじゃないんだ。もう一度自分にいい聞かせる。これは一時的な現象だ。一晩ぐっすり眠れば解決するだろう。しかし、体が不安定にぐらつく感じは椅子に座ってからも消えないし、一瞬たりともＫの顔のことから意識をそらすことができない。興奮して眠れそうにない。

何とか今晩中にＫの顔を確実に思い出す方法はないだろうか。一番簡単なのは直接本人の顔を見ることだが、Ｋは顔を見られたくないという理由で鍵のかかった地下室にいる。しかも今は深夜だ。そう簡単に見せてくれるとは思えない。

そうか、写真を見ればいいのだ。椅子を蹴るように勢いよく立ち上がったが、すぐ力なく腰を下ろす。我が家にはアルバムが一冊もないことに気がついたのだ。大抵の家庭には結婚式の記念写真ぐらい置いてあるものだが、あいにく僕らは式を挙げていない。Kは大の写真嫌いだから、旅先で撮った写真には僕ばかり写っている。すがるような思いでスマホの画像フォルダを開いてみたが、やはりKの顔が写っている写真は一枚もなかった。こんなことなら結婚式ぐらいやればよかった。

Kの写真を持っていそうな知人がいないか考えてみたが、Kとは合コンで知り合ったので共通の知人が極端に少なく、思いつくのは火野ぐらいだ。やつにしてもKの写真を持っているとは思えない。Kの実家にいけばさすがに家族写真や卒業写真があるだろうが、彼女の実家は東北のはずれにあるし、不義理を重ねてすっかり疎遠になってしまっている。今さら娘の写真を見せろなどとたわけたことを頼めるはずがない。

そもそも、妻の顔を思い出すために写真を探すという行為自体異常なのだ。そんなことをする夫がいったいどこにいる？　今日のおれはどうかしている。寝不足が続いて疲れているんだ。あきらめて寝たほうがいい。

頭ではそうわかっているはずなのに、今すぐKの顔が見たいという衝動は抑えることができない。そして残された手段は直接会いにいくことだけだ。そのことに思い当たった瞬間、僕は愕然とした。どうして今までそうしなかったのか？　後悔の念が吐き気のようにじりじりせりあがってくる。もちろんこれまでも何度かKに地上に出てくるよう提案はした。しかし僕の見通しはあくまでそのうち出てくるだろうという楽天的なものだったし、切実な危機感が欠けていたことはＫにも伝わっていたに違いない。だが、Ｋが地下に潜って軽く一か月以上過ぎている。危機はとっくに現実のものになっていたのだ。

時計を見ると午前一時を過ぎている。宵っ張りのＫもさすがに寝ているだろう。できれば今すぐ電話をかけたいが、非常識な奴だと思われて心証を悪くするのは得策ではない。

僕はＬＩＮＥで「起きてる？」とメッセージを送った。返事がないなら今夜はあきらめるほかない。

しかし、僕が送ったメッセージにはすぐ「既読」の表示がついた。まだ起きていたのだ。

起きてるよ。

スタンプも絵文字も使わないそっけない文面だが、別に怒っているわけでも不機嫌なわけでもない。昔から彼女はそうなのだ。僕は最初のころ女子ウケを狙って無駄にかわいい絵文字やスタンプを多用していたのだけれど、Ｋが毅然としてテキストのみの硬派なメッセージを送ってくるので、いつの間にかそれに合わせるようになった。

何してたの？

パソコンで調べ物。
今日もお仕事、遅かったんだね。
お疲れさま。

ありがと。
天ぷら、ごちそうさま。
おいしかったよ。

よかった。

Kの返信は素早く、短い。まるで高性能のAIが瞬時に反応しているかのようなスピード感だ。それだけに文章から感情の動きを読みとるのが難しい。「よかった。」の一文をKはどんな表情で打ち込んだのだろう。天ぷらの油がはねて火傷をしたと彼女はいった。今も火傷の跡は残っているのだろうか。それとも火傷は単なる口実で、僕を避けているだけなのか。彼女は僕に不満があるのか。もし不満があるならなぜ家を出ていかず地下などにこもるのか。いくら考えてもわからない。

彼女の心情をあれこれ忖度《そんたく》しているうちに、気がつくとメッセージを受け取ってから十分以上経っている。まずい。これでは「既読無視」状態ではないか。
結局身もふたもなく、こう書いた。

今、会えないかな?

どうして?

会いたいから。

こんな時間に?

駄目かな?

ごめんなさい。
会いたくないわけじゃないんだけど、
まだ顔を見られたくないの。

まだ火傷がなおってないの？

うん。あと少しだと思うんだけど。

本当だろうか。疑わしいが、見せてくれない以上確かめようがない。しかし強硬に顔を見せろと迫るのは拙速だろう。ここは紳士的にいくべきだ。

絶対に顔を見ないという条件なら、どうかな？

そんなの無理だよ。
ハジメくんが目隠しでもする？
それとも私が覆面でもかぶればいいの？

電気を全部消すというのはどうだろう？
地下室なら、電気を消せば外光は入ってこないはず。
何も見えないよ。

でも、それはハジメくんが電気をつけなければ、という話でしょ？

そうだね。

電気をつけないと証明できる？

証明だって？　僕の指は止まる。未来の自分の行動を、論理的に証明する手段なんてあるのだろうか。自分の誠実さをアピールすればいいのか。しかしその根拠を示せといわれたら困る。僕にできるのは証明ではなく、信頼を求めることだけだ。だが僕はKの信頼に値するほど誠実な夫といえるのだろうか。正直、あまり自信がない。

あれこれ悩んでいるうちに、また時間が過ぎていく。

するとKは僕の無言を返事ととったのか、

ほら、無理でしょう。

いやいや、まだ考えてるとこだったんだ。

たぶん無駄だよ。

じゃあ、私のほうから条件を出してもいい？

条件？　妙な展開になってきた。Ｋのペースに呑み込まれつつある。しかし、乗らないわけにはいかない。

どんな条件？

私の作ったパズルゲームで、ユーザーランキングトップテンに入ること。

ゲーム？　そんなのいつ作ってたの？

僕はびっくりして訊き返す。Ｋは妊娠を機に会社を辞めて以来、フリーのプログラマーになった。とはいえ実際は開店休業状態で、ときどき古巣から仕事をもらい、自宅でプログラムを書くという小遣い稼ぎ程度のものだったのだ。

三か月ぐらい前からかな。

リリースしたのは先月だけど。

前の会社から受けた仕事？

ううん。私ひとりで作ったよ。

なるほど、そういうことか。安心した。シンプルなスマホゲームなら、ちょっとプログラミングをかじった学生でも作れると聞く。元プログラマーの主婦が趣味でゲームを作ったとしても、そう不思議ではない。

僕も大学生のころまではけっこうゲームをやり込んでいたし、パズル系は得意だ。どんなゲームか知らないが、リリースされてひと月そこその手作りゲームなら、ユーザーもまだ大して多くはないだろう。でも、待てよ。

念のために訊くけど、課金しないと勝てないゲームじゃないよね？

安心して。ダウンロード無料のアプリだから。

キャラや壁紙を変えるときに課金が必要になるけど、

別にそれでゲームが有利になったりはしない。
私、お金を使った人が勝つゲームって嫌いだから。

いいね。
その勝負、乗った。

9

ナメていた。あわよくば今夜中に一気にランキングトップに躍り出てKを驚かせてやろうと思い、意気揚々とゲームをダウンロードした僕は、たちまち自信を打ち砕かれることになった。まず驚かされたのはそのユーザー数の多さである。Kが作った「オルフェウス」というアプリは、驚くべきことにすでに世界中で三百万回以上ダウンロードされていた。立派なヒット作である。

しかも一部有料のサービスもあるから、かなりの儲けが彼女の懐に入っていることになる。これは僕にとって思いのほか大きなショックだった。Kが地下に潜ったことに対して楽観的だった理由の一つは、彼女に経済力がないことだったのだ。いくら意地を張ってもいずれ困って出てくるだろうと思っていたが、この籠城は思ったより長引くかもしれない。しかも、これだけユーザーがいるゲームでトップテンに入るのは相当ハードルが高い。

次に驚いたのは、ゲーム性と難易度の高さだった。

「オルフェウス」は「ぷよぷよ」とチェスを合体させたようなパズルゲームだった。上方から並んで落ちてくる複数のチェスの駒を地上に積み上げ、同じ駒が一定数並ぶと消滅して得点になる。それだけなら「ぷよぷよ」と同じだが、地上にある駒をチェスのルールに沿って動かすこともできるのがミソで、おかげでゲームに複雑な味が出ている。さらにはポーカーのような「役」の概念があり、一定の配列で駒を並べることに成功すればボーナスが入る。

まことにKらしい凝ったゲームで、少なからぬユーザーが「難しすぎる」とすぐ匙を投げてしまう一方、熱狂的なファンも多数獲得し、腕に覚えがあるゲーマー同士の対戦も世界中で盛り上がっているらしい。人気の理由は他のこの系統のパズルゲームと比べて知的な要素が強いことで、現在チャンピオンとして君臨しているユーザーの正体はモントリオール在住の有名な数学者だと噂されている。さすがあのKが作ったゲームだ。

だが、僕だってパズルゲームは好きだし、何しろ開発者の夫なのだ。意外と何とかなるんじゃないかと思っていたのだが、僕はどうやら「すぐ匙を投げてしまう」側の人間だったらしい。考えなければならないことが多すぎて、あっという間に思考回路がショートしてしまうのだ。

たいていのゲームは何度か繰り返しプレイしているうちにだんだんコツをつかめてくるものだが、「オルフェウス」は違った。ちょっと強い相手には、何度やっても勝てない。運の要素が少なく実力差が出やすいという点はチェスや将棋にも似ているが、チェスや将棋の場合、才能がない人でも根気よく定石を覚えれば初心者に負けることはなくなる。しかし「オルフェウス」にはチェスのように伝統的な定石などないし、仮に必勝パターンを見つけたとしても、次々落ちてくる駒に対して瞬時に反応できなければ役に立たないだろう。つまり知識も努力も財力もこのゲームの前では無力で、先天的なＩＱと運動神経だけでほぼ勝負が決してしまう。そういう意味ではなんとも冷徹なゲームで、アンチが多いのももっともである。Ｋも罪なゲームを作ったものだ。

それにしても、なぜＫは「オルフェウス」というタイトルを選んだのだろう。オルフェウスはギリシャ神話の登場人物だが、ゲームは特にストーリー進行があるわけではないし、ギリシャ神話風の世界観があるわけでもない。タイトルの意味がわからないのだ。ネットの掲示板などを見ると、ユーザーの間でも解釈が乱立しているらしい。

オルフェウスの神話を改めて調べてみると、次のようなものだった。

吟遊詩人オルフェウスは竪琴の名手であり、彼が演奏すると森の動物はおろか木々や岩までもがうっとり耳を傾けるほどだったという。妻のエウリュディケと仲睦まじく暮らしていたが、ある日彼女は毒蛇に噛まれて死んでしまう。

そこでオルフェウスは妻を取り戻すために冥府へとくだった。大河スチュクスの渡し守を務める頑固な老人カローンや、冥界の番犬ケルベロスが彼の前に立ちはだかるが、名手オルフェウスが哀切な竪琴を奏でるとたちまちどんな者も魅了され、彼をすんなり先へ通してくれる。最後には冥界の王ハデスとその妻ペルセポネのところまでたどり着き、やはり竪琴を奏でながらエウリュディケを地上に連れて帰らせてほしいと頼む。これに心を動かされたのは、自分自身もハデスに地上から誘拐された過去を持つペルセポネで、彼女に説得されたハデスは条件つきでエウリュディケを返還することを認めた。

その条件というのは「冥界から抜け出すまでは決して後ろを振り返ってはならない」というもの。オルフェウスはその言葉どおり一度も振り返ることなく、妻を先導しながら地上への出口が見えるところまで歩いていったが、最後の最後で不安に駆られ振り返り妻を見てしまう。その途端雷鳴がとどろき、別れと嘆きの言葉をつぶやきながらエウリュディケは再び冥界へと消えてしまった。

——ネットでこの神話のあらすじを読んで連想したのは、むろん僕とKの関係である。Kは地下室にこもった自分のことをエウリュディケに重ね、自作のゲームにこんなタイトルをつけたのだろうか。そうだとすると、オルフェウスは僕？　Kは僕に、オルフェウスのように地下室へ迎えにこいといいたいのだろうか。それなのになぜ僕が地下室へ入るのを拒むのだろうか。あるいは、Kが伝えようとしているのは「決して私の顔を見ないで」というメッセージなのかもしれない。

そういえば不思議なことにオルフェウスの冥府くだりに似た神話は世界各地にあって、『古事記』に出てくる女神イザナミも難産が原因で死に、夫のイザナギが黄泉の国へ会いにいく。しかしイザナギは「顔を見てはいけない」という約束を破ってイザナミの腐敗した顔を見てしまい、激怒したイザナミに追われて現世に戻る。見るなといわれたものを見たくなる男の心情というのは世界共通のものなのだろうか。まあそれは何となくわからないでもないのだが、結局僕はどうすればいいのか。そんなとりとめのないことを考えつつ「オルフェウス」をプレイしているうちに、だんだん窓の外が白んできた。あわててベッドに入る。

10

おかげで翌日は寝坊してしまった。目が覚めるともう八時半で、今から出かけても完全に遅刻だ。僕は役所に電話をかけ、午前半休にしてほしいと伝えた。電話に出た課長の反応は優しく、「なんなら一日休んだらどうだ?」と勧めてくれた。僕はこども課に配属されてからほとんど有給休暇を取得していない。しかし丸一日休むとその分仕事がたまるだけのことである。午後から出勤します、と僕は答えた。

やれやれ、ゲームのせいで寝坊するなんてまるで学生だな。まったくKのせいでとんだことに……そうか、ことの発端は彼女の顔を忘れてしまったことだった。一晩たった今はどうだろう。僕は目を閉じてKの顔を思い出そうとしたが、やはり何も浮かんではこない。これはただの度忘れではないのではないか。僕の脳はどうなってしまったのか。

いや、問題はKの顔を思い出せないことではなく、同じ家にいながら会えないことのほうか。だが、仮に会えたとしても顔を思い出せないままでは意味がないような気もする。しかし面と向かって会っている相手の顔を思い出せない、などということがあるか？　わけがわからなくなってくる。僕はおかしなことを考えている。いよいよ狂いつつあるのか。

午前中はゆっくり過ごすつもりだったが、一人で家にいると本当に頭が変になりそうな気がしたので朝食も食べずスーツに着替えて外に出た。早春らしいおだやかな陽気だが、気持ちは冴えないし食欲もない。考えるのはKの顔のことばかりだが、考えれば考えるほど記憶が消耗し遠ざかっていくようで不安になる。精神科医に診てもらうべきなのか。だがそれは大げさすぎる。もう少し手軽に解決する手段はないだろうか。

久々に図書館へいった。調べれば何かわかるかもしれない。記憶心理学や脳科学の入門書を何冊か借り、閲覧スペースで読んだ。

一冊目を読み始めてしばらくして、僕は選ぶ本を間違えたのかもしれないことに気づいた。その本は丁寧に、脳内でどのような生理学的変化が起こることで記憶が行われるのかという学術的な基礎知識から説明していたからだ。僕が知りたいのは記憶喪失のしくみと解決法であって、そこまで基礎にさかのぼるのは迂遠すぎる。しかし、読み始めると意外に興味深く、ついそのまま読みふけってしまった。

本を読んでわかってきたのは、記憶というものの根源的な危うさだった。

僕らは普通、過去に経験した出来事を脳内に貯蔵し、必要に応じてそれをそのまま取り出していると考えている。ちょうどコンピュータのハードディスクに保存した画像や映像のデータを再生させるようにだ。古い記憶はビデオテープのように徐々に劣化していくが、基本的にオリジナルのデータが更新されることはない。

こうした素朴な考え方を記憶心理学では「コピー理論」というが、現代ではもう時代遅れの学説となっている。いま主流となっているのは、人は何かを思い出すたびに物語を創作するように記憶を再構築するという「再構成理論」だ。

この理論では、記憶は確定されたデータとして脳に保管されているわけではなく、人が思い出すときに改めて作り出しているものだと考える。

だから当然、記憶は思い出すたびに変形されることになる。記憶がある程度整合性を保つことができているのは、必ずしも記憶そのものが正確だからではなく、論理的思考能力が不自然な部分を補正し、体裁を整えているからに過ぎない。

幼児はしばしばとんでもない作り話を本当のことのようにしゃべるものだが、彼らは必ずしも意識的に嘘をついているわけではなく、変形された記憶を真実だと思い込んでいるケースが多いという。社会性を持った大人と違い、誤った記憶を自分で訂正する力がないために、そういうことが起こりやすいというわけだが、逆にいうと大人の場合でも、その訂正機能が十分に働かなければ、改変された記憶をそのまま信じてしまうことがある。

たとえば、感情は記憶に大きく影響を及ぼすという。幸せな気分のときに思い出す過去は幸せなものとして再生され、うつ状態のときに思い出すそれは、同じ時期の過去であるにもかかわらず暗い記憶としてよみがえる。いわれてみれば自分にもそういう傾向はある気がする。だいたい、陰気な奴ほどネガティブな過去ばかり語りたがるものだ。

また、事後に知った知識が、過去の記憶を改変することもよくある。こんな実験が紹介されていた。ある女性の伝記を読んだ人たちに、一週間後、その内容について質問をする。ただし、被験者の半数にはその主人公が同性愛者だったという情報を与える。その結果、同性愛者だという情報を聞かされた人だけ、伝記の中から同性愛者的とみなされるエピソードを多く思い出したり、無意識に捏造したりしたという。この現象も身に覚えがある。初対面の第一印象がその人のイメージを決定づけるなどともいうが、実際にはその後の付き合い次第で第一印象の記憶だって変わる気がする。

現在の自分が変われば、記憶は変わる。つまり記憶は過去ではなく、現在に属するものなのだ。

だんだん僕は不安になってきた。

僕は今Kの顔を思い出せなくなっているわけだが、顔以外の記憶も実はかなり怪しいのではないかと思い当たったからだ。Kについて記憶しているすべての情報は、知らないうちに事実と反したかたちに改変されているかもしれないし、それを確かめるすべもない。僕が記憶しているKの声やしぐさ、発言、そしてそれらを総合した僕の中の「K像」は、いったいどこまで正確に残っているんだろう。僕がKだと思っているものは、ほとんど僕が勝手につくりあげた虚像に過ぎないのではないか？

Kとは出会って五年になる。相当に長い時間を共に過ごしてきたはずだ。しかし、改めて考えてみると彼女について記憶している情報はその時間の数百分の一、いや数百万分の一に過ぎないように思える。いま仮に「Kと過ごした一番印象的な一日のことを可能な限り正確に思い出してみろ」といわれたら、どうだろう。入籍した日だろうか、それとも最初に会った日だろうか。いずれにせよ、二十四時間あったはずのそれらの日々の記憶は、大半が失われている。記憶によみがえるのはせいぜいその中の数分間、しかもその映像はきわめて曖昧で、彼女が着ていた洋服や髪形はおろか、彼女の後ろに流れていた風景、一緒に食べたもの、空気の感触、すべてが明け方に見た夢のようにおぼろげだ。今はスマホでもそれなりにきれいな写真や動画が撮れて、大量に保存できる。二十四時間分の動画を残すこともそう難しくない。つまり僕の記憶容量は、ジーパンのポケットに入るスマホよりはるかに乏しいのだ。

印象的な日でさえそうなのだから、それ以外の日常的な日々に至ってはほぼ完全に消滅してしまっている。三か月前の今日、彼女がどんな服を着ていたか。一年前の今日、彼女が何を話したか。おそらくどのような努力をしても、一生思い出すことはできないだろう。一生思い出せない日というのは、もはや存在しないのと同じなのではないか。僕はいったい、Kについてどれぐらいたくさんのことを忘れてしまったのだろう。それどころか、僕がこれまで生きてきた三十五年間の大半が、無に消えてしまったような気さえする。ほとんどが忘れ去られる人生に何の意味があるのだろうか。そんなことを考えていると急に激しい虚無感に襲われ、僕は本を閉じてしばし茫然としてしまった。

11

午後に出勤してからも、僕は外で打合せがあると偽って駅前のカフェにいき、本の続きを読んだ。課長も今日は休めばいいといっていたのだから、ちょっとぐらいサボってもいいだろう。先ほど僕を忘却の不安に陥れた本だったが、読み進めると勇気の湧く話も出てきた。すなわち、忘却は記憶にとって欠かせない一条件である、というのである。

僕らは完璧な記憶に憧れる。たとえば恋人と過ごした最も美しい一日の記憶を、あるいは勉強のために読んだ本の内容を、余さず覚えておきたいと願う。

しかし、もし人間がすべての体験を忘れることなく記憶し、正確に再生できるとしたら、ある十時間に起きた出来事を想起するのにちょうど十時間かかることになり、結局のところ必要な情報を思い出すことができない。人間は重要性の低い情報を忘れることによって、はじめて記憶を生活に役立てることができるわけだ。「すべてを覚えているということは、何も覚えていないのと同じである」とは、心理学者ウイリアム・ジェームズの言葉だが、そういってもらえると忘れっぽい僕としてはずいぶん救われる。

実際、世の中にはときどき異常に記憶力のいい人がいる。二十世紀初頭のロシアで活動したS・V・シェレシェフスキーという新聞記者は子どものころから記憶力に優れ、のちにステージメモリスト（舞台上ですごい記憶力を披露する芸人だそうだ）になった。この人はどれだけ長く意味がない音節でも数字でも一度聞けば完全に暗記し、しかもそれを数十年にわたり覚えていることができた。

凡人にとってみるとずいぶんうらやましい話だけれど、弊害もあった。個々の物事を鮮明に記憶できるぶん、それらを概念化するのに苦労したというのだ。たとえば個々の猫の姿を寸分たがわず記憶できる人にとって、飼い猫と近所の野良猫、あるいはアメリカンショートヘアとペルシャ猫は差異が大きすぎる「個別のもの」だ。その結果、「猫」という共通概念をとらえることが難しくなるというわけだ。シェレシェフスキーにもそういう傾向があったため、物語の大筋を理解するのに苦労し、暗喩を駆使した詩に至ってはほとんど理解できなかったといわれる。

また、シェレシェフスキーが日常生活の中で苦手としたものの一つが電話だった。彼は電話がかかってきても、声だけでは相手が誰なのかわからなかった。その理由は彼いわく「人の声は一日に二十回から三十回は変わるから」。いわれてみれば確かにその通りで、実家の母など井戸端会議をしているときと父と話しているときとでは声の高さが優に一オクターブは違う。それでも母の声を認識できるのは僕の記憶力が凡庸なおかげなのだろう。

ここまで読んでようやく僕は忘却に対する過剰な不安から逃れることができたのだが、同時に新しい不安要素が生まれた。Kの記憶力が異常によかったのを思い出したのだ。

彼女は円周率を延々と暗唱できたし、一度聞いた電話番号をメモもとらずに記憶することができた。「理系だから数字には強いのかもしれない」と本人はいっていたが、数字に限らず彼女の記憶力はよかった。一緒に観にいった映画など、僕は一年も経つとごく大雑把なあらすじと断片的なシーンしか覚えていられないのだけれど、Kは細かいプロットまで完全に思い出すことができたし、最初のカットに何が映っていたかなども克明に覚えていて、後日テレビでその映画が放映されたときなどにはよく僕を驚かせたものだ。電話が苦手で、なるべくメールで連絡してほしいとよくいっていたのも、もしかしたらシェレシェフスキーと同じ理由だったのだろうか。

そう考えていくうちに、Kの記憶力が不気味なものに思われてきた。

もし彼女が僕の語った言葉の一言一句、僕が彼女に見せた一挙手一投足のすべてを完璧に記憶し、いつでもそれを再生できる超人的な能力を持っていたとしたら？

仮にそうだとしても、特に具体的な害があるわけではない。しかし、僕が忘れ、消去した大半の時間が、彼女の中にだけ蓄積されている、というのは何か不公平な感じがする。その記憶の中には、本来忘れるべきことや、僕自身見ることがなかった僕の醜い姿も含まれているだろう。そして、そうした闇を含む膨大な記憶が、あの家の地下室の中で静かに保管されているのだ。

そのイメージは、畏怖に近い感情を僕の中に芽生えさせる。もしかしたら僕は、想像していた以上に手ごわい女を相手にしているのかもしれない。そんな女が作ったゲームを、僕なんかがマスターできるのか？

残業を終えて帰宅した後、昨日に引き続き「オルフェウス」をプレイした。今日は慎重を期してあらかじめネットでコツを調べ、練習モードを繰り返しプレイして勝利のイメージを体に叩き込んでから実戦に入ったのだが、結果は惨憺たるものだった。ランキング上位者への挑戦権を獲得するどころか、十段階あるレベルの最下層から這い上がることさえできない。

いったいランキング上位にはどんなやつが入っているんだ？　見てみるとたいていはハンドルネームだから素性がわからないのだが、十一位に「K」というユーザーが入っているので驚いた。

そのとき、ちょうどKからLINEが入った。

今日はそろそろ寝るね。

「オルフェウス」はどう?

さっきまでやってたところだよ。
すごく面白いね。

それはよかった。
ありがとう。

でも、ちょっとおれには難しすぎるな。
やってると頭がこんがらがってきちゃうよ。
ところで、ランキング十一位に入ってるKって君のこと?

そうだよ。

やっぱりそうか。さすが開発者だね。
もしかして何か裏技とか必勝法とか知ってるんじゃないの?

敵に情けを乞うようでちょっと情けないが、とにかく勝たなければKには会えないのだ。プライドを優先している余裕はない。
しかし返事はそっけないものだった。

ないよ。

コツぐらいはあるだろ?

考えないことかな。

そんなバカな。
あんな複雑なゲーム、頭使わずにできるわけないよ。

考えることと、頭を使うことはまた別だよ。
それじゃ、おやすみ。

どういう意味?

僕が送った最後のメッセージには、「既読」マークがつかない。眠ってしまったのだろう。だが、僕のほうはKの言葉が気になって眠れない。考えることと頭を使うことは別？　まるで禅問答だ。

考えるな、考えるなと念じながら再び勝負に挑んだが、やはり結果は変わらなかった。やがて頭が疲れすぎて本当に思考能力がなくなり、気がつくとスマホを握ったままソファで眠り込んでいた。

12

「オルフェウス」は勝てないし、Kの顔は思い出せない。眠れない日が続き、目に見えて体調は悪くなっていく。とうとう風邪をひいてしまったが、休むわけにはいかない。午前中には大事な会議があるし、午後からは新設される保育園オーナーとの打合せがある。

僕は因果な体質の持ち主で、昔からどれだけ体調が悪くても大事な仕事がある日はなぜか一時的に元気になってしまう。無駄に責任感が強いのだ。おかげで同行した富士田さんからは「なんか今日の三川さん、イキイキしてますね」などと見当違いなことをいわれ、打合せも驚くほどスムーズに終わった。しかし案の定、客先から出た瞬間どっと疲れが出て、足元がふらついてしまった。

「大丈夫ですか?」さすがの富士田さんも僕の異変に気づき、心配そうにいった。「顔色悪いですよ」

大丈夫、と答えたがちょっと熱っぽい。運転はしたくないな、と思っていたら、「今日は私が運転しますよ」と富士田さんが申し出てくれた。ありがたく代わってもらったのはよかったが、富士田さんの運転は荒っぽく、助手席で揺られていると急速に気持ちが悪くなってきた。

「ずいぶん飛ばすね」

さりげなく訊いたら、昔ちょっと鳴らしたクチなんで、などと恐ろしいことをいう。だめだこの女は。

「悪いんだけどちょっと車停めてくれないかな」

「なんでですか」

「吐くかも」

「えー。そんな急にいわれても。あ、いいこと思いついた」

車が停まる気配はない。むしろ速くなった気さえする。なぜだ。目を閉じて耐えていたら、車は速度を落とさないまま急なカーブをぐいっと曲がり、唐突に止まる。目を開けたら、見覚えのない駐車場にいた。

「休んでいきましょう」

富士田さんはにこにこしていった。僕らはあの潰れた産婦人科の向かいにあるホテルにいたのだ。

13

そのホテルに入るのは初めてだった。何度も車で前を通ったことはあったし、きわどいジョークを飛ばしたこともある。しかし、まさか本当に富士田さんと二人で入ることになるとは思っていなかった。紳士だから、といいたいところだが実際は自信がなかったからという事情のほうが大きい。一年以上一度もセックスをしていない。ちゃんとできるだろうか。おまけに今日は風邪もひいている。富士田さんの言葉をそのまま受け止めて「休んでいくだけ」にするのがよさそうだ。

と一度は結論づけたものの、ホテルの異様に大きなベッドで寝転んでいるうち、思ったより早く体調が回復してきた。まずい。こういうとき妻の顔がよぎって正義に目覚めるというパターンもあると聞くが、あいにくKの顔は思い出せない。だいたい顔も見せようとしない妻にそこまで義理立てする必要はないんじゃないのか。今の状態は実質的に独身であるのと変わらないじゃないか。そう思うとだんだん自分の真面目さに腹が立ってきて、追い打ちをかけるように「バレない限り誰に迷惑をかけるわけでもない」という火野のささやきが耳元に響く。いつの間にか富士田さんは僕に体を密着させて寝ている。どちらが誘うというわけでもなく、気がつくと僕らは抱き合っていた。ここまできたら、やめるわけにもいかない。大した感慨もない代わり、Kが相手のときのような変な緊張感もない。うまくいくような気がした。

でも、駄目だった。もう少しというところで、富士田さんの顔がなぜかKに見えたような気がしたのだ。それはほんの一瞬の出来事で、次の瞬間にはもういつもの富士田さんの顔に戻っていたが、一度失われた自信は戻らなかったし、思い出しかけたKの顔ももう忘れてしまっていた。

「ごめん。体調が悪いからかな」

僕が弱々しく言い訳をすると、

「気にしなくていいですよ、よくあることだから」煙をぷーっと細く吐き出しながら富士田さんはいった。「どうせ奥さんの顔でも思い出しちゃったんでしょ」

図星だったのでびっくりした。

「なんでわかるんだ、そんなこと」

「だから、よくあることだからですよ」

つまりこういう火遊びをよくやっているということか。まあそれはさておき、僕が富士田さんをKに見間違えたのは事実である。つまり少なくとも顔のどこか一部がKに類似しているということだろうが、僕が記憶している限り、Kと富士田さんが似ていると感じたことは今まで一度もない。Kがやせ形の体型だったのは確かで、ややぽっちゃりした富士田さんとはそもそも顔の輪郭からして全然違うはずだ。では顔のパーツのどれか一つだけ似ているのかといえば、それも違う気がする。ではなぜさっきKに似ているなどと感じたのだろう。

そんなことを考えながら富士田さんの顔をじろじろ見ていると、

「何ですか三川さん、私の顔に何かついてます?」

と不審がられたので、

「いや。うちの嫁と全然似てないのに変だな、と思ってさ」

「そりゃあそうですよ。エッチしてるときの顔と普通の顔はまた別ですもん」

「なるほど、そういうものか」と僕は感心し、「ちょっと目をつむってみてくれる?」

「こうですか」

目を閉じた富士田さんの顔は、さっきよりいくらかKに近づいた気がする。うまくいけばKの顔を思い出せるのではないか。

「眉をもうちょっと寄せてみて」

「はい」

「さっきはそんなもんじゃなかったよ。もっと感情を込めてぐっとやってみてよ」

「えー。こうですかね」

「何か違うなあ。鼻にしわを寄せてくれる?」

「それ、ちょっと難しいな。こうですか」

「うんうん悪くないね。あと、下唇をもう少し引っ込めて」

「はい」

「あ、逆だ。やっぱり顎出して。いや、それじゃあやりすぎだよ、猪木みたいになってるよ」

などとしばらく富士田さんの顔を変形させてKに近づけようとしてみたのだけれど、やはりどこか決定打に欠ける感じで、しまいに富士田さんが「ちょっともう私の顔で遊ぶのやめてくれませんか」と不機嫌になってきたのでこの試みは失敗に終わった。

14

帰りは僕がハンドルを握る。産婦人科の桜の花はとうに散って、今は暑苦しいほど青々と茂った葉桜だ。いつの間にか背の高い雑草も繁茂していて、以前にも増して廃墟っぽい不吉なビジュアルになっている。

富士田さんはいつものようにどうでもいい世間話をしたが、全然耳には入ってこなかった。うまくいかなかったセックスに落ち込んだということもあるが、それ以上にKの顔のことが気にかかる。さっきはあと少しで思い出せそうだったのだ。薄いドア一枚隔てた向こう側に、確かにKの顔があると感じた。どうすればそのドアを開けることができるのか。ふと、富士田さんがカウンセラー志望だったという話を思い出した。

「あのさ」不倫問題で叩かれているミュージシャンの話題で勝手に盛り上がっている富士田さんを遮り、僕は質問した。「実はおれ、最近ちょっと物忘れが激しくなった気がするんだ。それってなんでだと思う?」

「働きすぎなのかもしれませんね」

「どういうこと?」

「三川さんがそうだとはまだ断言できないですけど、鬱傾向の人は記憶を想起する力が低下することがあるんです。三川さん、最近あまり寝れてないでしょ」

それは確かにあるかもしれない。だが、問題はそれだけではないように思える。

「他の記憶は思い出せるのに、過去の特定の出来事とか、特定の知識だけ長期間どうしても思い出せない、ということもあり得るの? しかも、それがかなり重要な情報であるにもかかわらず」

富士田さんは僕の横顔をちらっと見てから、

「それはまた少し特殊なケースですね。たぶん何らかの抑圧がかかっているんです」

「抑圧?」

「思い出すたびにものすごく不快になるような嫌な記憶があると、意識が自我を守るために記憶を無意識の領域に抑圧しちゃうわけ。普段はそれを思い出すことができないんだけど、夢の中で繰り返しそのメタファーが現れたり、偶然のいい間違いの中にそのヒントが隠れていたりする……」

「フロイトか。若いころにちょっとかじったことがある。詳しいの？」

「一通りは読みましたけど」

「人の顔を思い出せない患者の話はあった？」

「うーん、それはちょっと記憶にないかな。でも、抑圧が原因で人の名前を忘れたり、人にもらった物をなくしたりする話はよく出てきますね。たとえば、ある冷めた夫婦の話があるんですけど、ダンナが奥さんにもらった本を受けとってすぐになくしちゃうんです。家の外には持ち出してないはずなのに、なぜかどこにも見つからない。ところが半年ほどたってダンナの母親が病気になったとき、奥さんがものすごく献身的に看護をしてくれた。それを見たダンナは感激して妻への冷めた気持ちが解消されるんです。その直後、何気なく開いた引き出しからなくしたはずの本が出てきた」

「それはつまり、妻に対するネガティブな感情が抑圧となって本の置き場所を隠していた、ということ？」

「そういうことです。抑圧の原因を突き止めることができたとき、同時に忘れていた記憶がよみがえる、っていうことはよくあるみたいですね」

抑圧による記憶の喪失、か。言葉にすると大げさだが、人が重要な記憶を失うことは、実はそれほど珍しいことではないのかもしれない。そうでなくても人は毎日多くのことを忘れながら生きているし、何を忘れたのかさえほとんど忘れてしまうのだから。

問題は、何が抑圧の原因かだ。顔を忘れたくなるほど僕はKを憎んでいるのか。あるいは憎まれているのか。そうは思えない。もちろん僕らの結婚生活に全く問題がなかったわけではない。どちらかといえば冷めた夫婦だったかもしれない。それでも、顔を忘れてしまうほど異常なものではなかったはずだ。

その考え方が間違っているのかもしれない。僕が覚えていることなど、実際に起こった出来事のうちほんの一部だけだ。答えは僕の無意識の中にあるのかもしれない。つまり、強力な抑圧のきっかけとなった何か重要な出来事を、僕は忘れている可能性がある。

その仮説は、次の瞬間には確信へと変わる。なぜかはっきりとわかるのだ。何かを僕が忘れていることを。忘れてはいるが、それは僕の中のどこか暗い場所にそのまま残されていることを。そして、その目に見えない記憶が僕を動かそうとしていることを。

この日に限って富士田さんは珍しくカーオーディオを止め、煙草も吸わなかった。

15

自我を守るため、無意識の領域に抑圧しなければならないほど不快な記憶。それが何だろうと考えたとき真っ先に思い浮かんだのは、もちろん一年前のKの死産のことだった。あの当時のことを思い出すと、今でも息苦しくなる。赤子の死に対する悲しみだけなら、まだいい。たまらないのはそれにつきまとう後味の悪い罪悪感のようなものだった。

もともと僕らは、子どもをつくることに対して積極的ではなかった。二人ともあまり子どもが好きではなかったし、今の日本に生まれることが子どもにとってよいことだと無条件に信じられるほど楽観的でもなかった。そして何より、自分たちの責任において新しい人間がこの世に出現するということがうまく想像できなかった。

「自分に似た顔の人をこれ以上この世に増やそうと思うのって、なんだか図々しい気がしちゃうんだよね」

双子の妹を持つKはときどきそんな冗談をいったが、その気持ちは僕も何となく共感できた。といっても、子どもを絶対につくらないという確固たる決意があったわけでもない。二人ともすでに三十代中盤に入っていたし、性的には淡白なほうだったので、なんとなく子どもはできないような気がしていたのだ。ところがそのぼんやりとした想定に反し、Kは妊娠した。

いざ妊娠が明らかになると、僕らは多少の戸惑いと照れくささを伴いながらもすんなり新しい状況を受け入れた。二人きりの静かな生活と経済的なゆとりが失われるのはちょっと残念だけれど、夫婦にとって自然の摂理というものだ。Kは育児休暇制度の整っていない会社を辞めてフリーになり、僕は体調の悪いKに代わって家事をこなした。結婚式もしていない僕らにとって妊娠は夫婦として初めての大イベントであり、今までにない高揚感と一体感に包まれたのを覚えている。

しかし、今にして思うとやはり男と女では出産に対する感じ方が違うのだろう。出産が近づくにつれてKが母親としての自覚を深めていく一方、僕は自分が父親になるという事実にどこかピンとこなかった。ときどきKは僕の気遣いのなさや無関心を責めたが、その多くはKにしては珍しく非論理的で、僕は何をどう改めればいいのかわからなかったりもした。

特に印象的なのは、出産予定日が数日後に迫ったある日のことだ。「出産に立ち会ってほしい」と急にKがいい出したのである。

びっくりした。僕もKも「出産の現場に父親がいても邪魔なだけだよね」と、最近流行りの父親による出産立ち会いに否定的な立場をとっていたからだ。

どうして急に意見が変わったのか訊くと、「ごめんなさい、でもなんだか怖くなってきて」とKは申し訳なさそうに答えた。

「また、急な話だなあ。おれだって心の準備ができてないよ」

僕は自他ともに認める小心者だ。壮絶な痛みに耐えるKを見ていられるかどうか、いまいち自信がなかった。

「そうだよね。まあ、まだ時間はあるし、考えておいて」

彼女がそういってくれたおかげで、結論を先延ばしにすることができた。そしてそのまま僕は出産立ち会いを免れることになった。翌日、予定より早くKは産気づき、僕が職場を抜け出して病院に着いたときにはすでに赤子は死んでいたからだ。

急なことだった。仮に僕が希望していたとしても、出産の立ち会いはできなかった。僕があのときどんな返答をしたかに関係なく、結果は同じだったことになる。

だが、あのときどうして妻の頼みを快く聞き入れなかったのか、という後悔は長く残った。Kは大体において人にものを頼むのが嫌いで、自分でできることは全部自分でやってしまう。そのKがあんな頼みごとを急にしたのは、それだけ切実な理由があったということだ。

その後、僕らは子どもの死について多くを語らなかった。いくら嘆き悲しみ、過去を振り返ったところで死んだ子が帰ってくるわけではない。それは僕らの暗黙の共通認識だった。しかし、思いのほか僕の神経は参ってしまった。誰が悪いわけでもない。わかっているのに、「お前が子どもを殺したのだ」という強迫観念はなかなか消えなかった。実際に誰かがそういう声が耳元で聴こえることもあったし、両手にべっとり血が付着していていくら洗ってもとれない、という悪夢を続けて見たりもした。

一方、退院後のKの立ち直りは見事だった。出産前に購入したベビー用品を驚くべき潔さで処分し、見る間に健康を取り戻した。むしろ前よりも元気になったぐらいだ。

そして出産後二か月ほど経ったころから、いわゆる妊活に取り組みだした。Kは妊娠しやすい体質づくりのためと称してどれだけ暑い日も毎日分厚い靴下を履き、運動嫌いだったにもかかわらずジョギングとヨガに打ち込んだ。食卓にはやたら精のつきそうな料理を並べ、夜には今まで見たことがないような刺激的な下着を身に着けて僕のベッドに入ってきた。

しかし僕の体は妻が積極的になればなるほど委縮してしまった。一人のときには通常通り勃起するので、Kとの間に起こる心的ストレスが原因なのは明らかだった。

たぶん、僕はあのころKが怖かったのだと思う。結局のところ彼女が求めているのは死んだ子どもの代わりであって僕ではない。Kは子どもの死を早くも忘れてしまったのだろうか。そんなはずはない。何しろ出産した本人なのだから。

しかし、Kにとっての喪失とは、数字の一がゼロになるようなものだったのではないか。再び一を加算すれば元通りになる。プログラミングの世界ではそうだろうし、人口増加を目指すN市役所でもそのような計算に基づいて都市開発や少子化対策をしている。つまり子どもは代替可能で、出産により補完可能な存在なのだ。その合理性が、僕にはなんだか恐ろしかった。

次第にあれこれ理由をつけて彼女の誘いを断るようになった。そのうち仕事が忙しさを増し、帰宅する時刻はどんどん遅くなる。気がつくとゆっくり会話することさえなくなっていた。もしかしたら僕は、このころすでにKから目をそむけていたのかもしれない。Kが地下に潜ったのは、そんな僕に対する抗議だったのだろうか。でも、仮に当時に戻ったとして、僕はいったいどのようにしてKを受け止めればよかったのだろう?

16

タクシーで帰宅すると、珍しくKがキッチンで天ぷらを揚げていた。なんだ、案外あっさり事態は収束したのだなと思っていたら、おかえりなさいと振り向いたKが能面をかぶっているので驚いた。真っ白い女の面である。こんなものいつ買ったのかと怪しみながらテーブルで待っていたら、どういうわけかKは天ぷらではなく花瓶に赤いバラの花をいっぱい生けて持ってきた。僕は不機嫌になって黙り込む。能面といい花といい、この女は明らかにおれに嫌がらせをしている。久しぶりに地上に出てきたと思ったらこの仕打ちは何だ。いまいましく思っていたらKは聴き慣れない甲高い声で笑いながら能面を外し、その下からは瞼を閉じた巨大な目が現れた。顔全体が眼球になっているところはちょうど目玉のオヤジのようでもあるが、なぜか瞼は縦向きについているし、その境目にびっしり密生したまつ毛がまるで巨大な毛虫のようで非常に気色が悪い。言葉を失っている僕にそれじゃあ食事にしましょうとKはいう。食欲などあるわけがないし、そうでなくてもバラの花など食べられない。黙って固まっていたらまたKは妙な声で笑い、ハジメ君は無理して食べなくたっていいんだよ、だって今は私の食事の時間なんだから、といいながら縦向きに裂けた瞼を開く。だがその下から現れたのは瞳ではない。目ではなく、口だったのだ。大きく開かれた口腔にはサメのように鋭い牙が何重にも生えている。確かサメの歯は何回折れても内側から順番に新しいのが生えてくるんだったな。そんなことを思い出しているうちに僕はその中にすっぽり飲み込まれ、首をひといきに噛み切られたのと同時にお客さん着きましたよと運転手がいった。僕はまだタクシーに乗っていたのだ。

どうも近ごろはタクシーに乗るたび変な夢を見るな、と思いながら車を降りる。夢の中で噛まれた首の周りがまだヒリヒリ痛い。帰宅して鏡を見るともちろん何の異常もなかったが、まだ首に穴が空いていてそこから血が流れているような感じがする。夢自体は現実離れした内容だったのに、その痛みだけが妙に生々しく、ついさっきまで実際に「そちら側」の世界にいたように思える。

リビングのテーブルにはいつものように冷めた天ぷらが置いてあるが、グロテスクな夢のせいで食欲は全くない。僕は冷蔵庫から缶ビールを出し、天ぷらを無理やり流し込んでいった。味がしなかった。すぐに酔いが回り、指先が軽くしびれてくる。もしやこうしている今も夢を見ているのではないか。試しに頬をつねってみるといちおう感触はあるが、痛みが鈍い気がする。痛みがこんなに不確かなものであっていいのだろうか。さっき夢の中で変なKに噛まれたときのほうがずっと痛かった。やはり「あっち」が現実だったのか。今いるのが夢だ、そう考えたほうがしっくりくる。

夢を見ている今なら、現実とは違う奇跡だって起きるかもしれない。ふとそんなことを思いつき、スマホをポケットから取り出して「オルフェウス」をやってみた。酔っているとき特有の軽い万能感のおかげか、落下してくるチェスの駒の速度がいつもより遅く見える。まるでスローモーションだ。どこにどの向きで落とせばどんなかたちになるか、未来が見えるかのように瞬時にわかる。格下を相手に戦う剣豪にでもなったような気分。なのにちっとも勝てない。確かに駒の落下は遅く見えているのだが、それ以上に僕の指は遅いし、インスピレーションに任せていい加減に操作しているせいか凡ミスも多い。気がつくといつも以上に負けが込んで、ランキングは過去最低まで下落してしまった。

どうなってるんだ、これは。だんだん腹が立ってくる。こんなに頭が冴えわたっているのに全然勝てないわけがないだろう。これはもしや、何らかの不正が行われているのではないか。「オルフェウス」は課金額と勝敗は無関係とうたわれているが、実際はアイテムを購入したほうが有利なように設定されているのではないか。だが、もしそうだとしたら世界中にいるユーザーがとっくに感づき騒ぎだしていなければおかしい。そんな気配がないのは、このゲームの公平性が保たれている証だろう。

だとすると、僕のスマホだけ勝てない不利な設定になっているのではないか。それなら僕だけがいくら頑張っても勝てない理由が合理的に説明できる。しかし特定のユーザーの設定だけ不利にするなんてことは可能なのか、もしできるとして何のためにそんなことをする必要があるのか。そう考えた瞬間、血中のアルコールに火がついたかのように体がかっと熱くなるのを感じた。これはKの策略だ。Kは僕を遠ざけるために、勝てるわけのないゲームを僕にやらせているのだ。ユーザーごとにゲームの難易度を操作できるのは開発者のKしかいない。

久しく抱いた覚えのない感情がわきあがってくる。それは憎しみだった。それも殺したいほどの激しい憎しみだ。Kを嫌いになった、というのとは全然違う。嫌いなら離れればいい。たとえばこのまま家を出てしまえばKとはもう会わずに済むが、そんなことは望んでいない。逆だ。意地でも彼女と再会して復讐しなければならない。復讐？　突然閃いた不穏な単語に我ながら驚く。しかし、それ以外に自分の心を説明する言葉がない。僕はプレイ中の「オルフェウス」を中断し、階段を下りた。会ってどうしたいのかわからない。だが会わずにいられない。

地下フロアに続く扉は鍵が閉まっている。僕は扉を拳で力任せに叩く。重たく分厚いドアは叩いてもほとんど手ごたえがない。響くのは僕の手の肉と骨がドアに砕かれつつあるべちゃべちゃした不快な音だけだが、構わず叩き続ける。

やがて拳の痛みが、僕にこれが夢でなく現実であることをわからせてくれる。このやり方ではダメだ。ドアを叩くのは自己満足でしかない。どれだけ叩いてもKに聴こえなければ意味がないのだ。Kに会うための最も現実的な手段は何か。僕はスマホを手にとり、ＬＩＮＥを送ろうとする。しかし、「起きてる？」と打ち込んだとたん、すぐ消去してしまった。返信を待つことに耐えられないと思ったのだ。電話のほうが早い。

「もしもし。何かあったの？」

電話に出たKの声は、少し怪訝そうだった。それはそうだろう。こんな時間に電話をかけるのは異常だ。それは自分でもわかる。だからこそＫは出るだろうと見越して電話したのだ。

「ドアを開けてくれ」

僕は単刀直入に要求した。

「「オルフェウス」で十位に入れたの？」

「入れるわけないだろう」吐き捨てるようにいう。「あのゲームはインチキだ。おれが勝てないように細工してるんだ。そうだろう」

Ｋはおかしそうに笑った。夢の中で見た能面を思い出す。

「そんなことできるわけないでしょ。被害妄想だよ」

「だいたいゲームで勝たなければ会えないなんて条件からしておかしいんだ。夫婦として異常だ」

「そんなこと今さらいわれても困るよ。その条件を一度受け入れたのは誰？　ねえ、悪いけどもう電話切っていいかな」

僕はわめきたくなるのをこらえてゆっくり息を吐いた。このままともにやりあってもこの女を論破することはできない。先に地下に潜るという非常手段に出たのはＫのほうだ。こちらも有事にふさわしい戦い方を選ぶべきだ。

「待って」と僕はいった。「そっちがその気ならおれにも考えがある。もし君が出てこないつもりなら、おれはこの家の電源をすべて止める。それでもいいのか」

「無理だよ。地下のブレーカーは別にあるんだから、ハジメ君には触れない」

「そうじゃない。庭にある電源ボックスを壊すんだ」

我が家の狭い庭には電源を引き込むためのポールが立っている。電力用の電線とインターネット回線はそこに集約され、地下を通って屋内に敷設されているのだ。ポールには電気メーターのついたボックスが設置されていて、ちょうど人の背の高さあたりにある。これを破壊すれば、電力の供給は絶たれる。

「でも、それだと地下だけじゃなくて一階も電気が使えなくなるよ」

「わかってる」

「相討ち覚悟ってわけね。でも、そんなに簡単に電源を壊せるの？　危ないからやめたほうがいいんじゃない？」

「なんとかやってみるさ」僕はやけになっていった。「友だちに電気工事をやってるやつもいる。そいつが手を貸してくれなくても、火薬を使うなり、斧で叩くなり、その気になればいくらでも手段はある」

さあ、どうする？　もうどんな揺さぶりにも屈するつもりはない。根競べだ。おれに会いに出てくるか、それとも電気を失うか。好きなほうを選べばいい。相討ち覚悟とKはいったが、パソコンや冷蔵庫が使えなくなることのダメージは彼女のほうが大きいはずだ。

Kは黙っている。通話が途切れたのかと不安になるが、よく聴くと電話特有のかすかなノイズが響いている。耳を澄ますとＫの張り詰めた呼吸が、そして彼女の優秀な頭脳がフルスピードで回転する音さえも聴こえる気がする。スマホを持つ手が汗ばみ、気をつけないと滑って落としそうだ。今手放すわけにはいかない。籠城か、降伏か。どっちだ？

だが、Ｋの返事はそのどちらとも微妙に違うものだった。

「わかったわ。会いましょ」とＫはいった。「ただし、一つだけ条件を出させて」

「条件？　悪いけどもうゲームはごめんだよ」

「私とは灯りを消した地下室で会うこと。決して顔を見ないこと」

「なんだって？」僕は啞然とした。「まだ顔を隠すつもりなのか」

「でも、これはこの間ハジメ君が自分で出した条件だよ。嘘だと思ったら、ＬＩＮＥの履歴を見て」

もちろん、ＬＩＮＥを見直すまでもなく覚えている。確かに僕はその条件で彼女に会おうとし、拒否された。だが、今は状況が変わった。僕は彼女の顔が見たいのだ。暗闇でなければ会えないなんて話があるものか。

だが、それを伝えるとＫはにべもなくいった。

「条件を吞めないなら、私はドアを開けない」

また妙なことになってきた、と思った。ようやくタフな交渉を乗り越えてこのドアを開ける約束をとりつけたのに、今度は暗闇の中でしか会わないという。Ｋの譲歩を勝ちとったともいえるが、そんな達成感は全くない。もしかすると、ここまでのすべてがKの書いたシナリオ通りなのではないのか。そんな気さえする。

いずれにせよ、もはや選択肢は一つしかない。

「約束するよ」と僕はいった。「ぜったいに灯りをつけないし、君の顔も見ない」

17

Kがドアのロックを解除してから、約束通り三分間待ち、それからノブをひねって入る。ドアをくぐると、完全な暗闇になった。試しに手を目の前にかざしてみても、闇の色は全く変わらない。何も見えていないということだ。考えてみれば母親の胎内を出て以来、これほど完全な暗闇の中に入ったのは初めてかもしれない。都市に住んでいる限り、どこにいても光はしつこくつきまとってくる。

ドアの向こうには狭い廊下があり、左右に簡易キッチン、ユニットバス、トイレがある。僕は壁やキッチン什器を手探りで確認しながら、恐る恐る足を踏み出していく。

想像以上に歩きにくい。勝手知ったる我が家なのだから、目隠ししていてもある程度自由に歩き回れると思っていたが、とんでもない過信だった。

僕らは普段、長年住んだ住居空間を知悉《ちしつ》し、記憶していると思い込んでいる。でも、実際に記憶しているのはせいぜい大雑把な間取り図に過ぎない。視覚がその都度補正し、導いてくれない限り、一歩も思い通りには歩けない。

いや、それどころか——僕は酔いに任せて大胆に論考する——そもそも僕らは存在する世界を見ているのではなく、僕らが見るから世界は存在するんじゃないだろうか。

闇の中では、世界は未確定のカオスとして曖昧に漂っていて、僕が手を触れた瞬間、はじめて確定される。

たとえば僕がいま触れた冷たいステンレスの薬缶（と思われるもの）は、僕が触れる直前までフライパンであったかもしれない。あるいは殻付きのウニや、機嫌の悪い雌猫であったかもしれない。いわば僕は、自分でも手に触れるまで何を生み出すかわからない、未熟な創造主なのだ。

そんなたわいもないことを考えながら、長い時間をかけて狭く短い通路を進む。ようやく、オーディオルームの扉に手を触れた。そのひんやりとした手触りが僕をほっとさせる。この世はカオスかもしれないけれど、ドアの向こうには確実にKがいるのだ。

僕は肩で体重をかけながら、重たい防音ドアを開けた。

風を感じた。

気のせいだろう。地下に窓はないし、エアコンが稼働している様子もない。二十畳程度の密閉された地下室で、風が吹くことはありえない。

にもかかわらず、僕は奇妙な錯覚を覚えていた。まるで屋外に、しかも果てしなく広がる茫洋とした空間に足を踏み出したかのような。本当に、この部屋には壁や天井があるんだろうか。Kはいるんだろうか。

動けない。怖いのだ。この先に地面があるという基本的な前提さえ、今はうまく信じることができない。一歩先に果てしなく深い断崖絶壁があるという可能性を、いったい誰が完璧に否定できるだろう?

その場に立ち尽くし、恐怖が体を通り過ぎるのを待つ。

ふと、何かに似ている、と思う。いつか、こんな闇の中を歩いたことがある気がする。しかし、それがいつだったのか思い出せない。

暗闇に少し慣れてきた気がする。何も見えないことに変わりはない。でも、眼底に映る闇の色が、さっきよりもいくぶん柔らかくなったようだ。鉄の黒が、ベルベットの黒になる。

「そこで何をしているの?」

久しぶりに聴く、Kの肉声だ。電話の声とも、記憶していた声とも、少しずつ違う気がする。

僕は彼女の顔と共に、声も忘れつつあるのだろうか。そうじゃない。暗いせいで感覚が狂っているのだ。それに、人の声は一日に二十回か三十回変わるとシェレシェフスキーはいった。だが変わるのは声だけだろうか。声が変わるように少しずつ別人に変わっても人は気づかないのではないか。Kは今どんな姿をしているのか。それは僕が知っているKとどれぐらい違うのだろうか。

「久しぶりだね」といった僕の声も、自分の声には聴こえなかった。「顔が見えてないのにそういうのも、何か変な感じがするけど」

「別に変じゃないよ。電話でもメールでも、久しぶりぐらいいうでしょ」

「それはそうだ」

「座ったらどう?」

「椅子が見えないよ」

「半歩前に進んで、右手を斜め右に伸ばしたところにあるよ」

その通りにすると、椅子に手が触れた。楽器を演奏するときに使う、簡素な木の椅子だ。なぜ彼女は僕と椅子の位置を正確に把握することができたのだろう。僕の姿が見えているんだろうかと思ったらKがくすくす笑った。

「見えてないよ、念のためにいっておくけど」

「どうしておれの位置がわかった?」

「だってハジメ君、ドアを開けて入ってから一歩も動いてないから」

確かにそうだ。考えすぎている。見えないのはお互い様だ。僕らは公平な条件下にいる。

しかし僕はまだ、彼女の姿を見たいという欲望を抑制できていない。目が慣れれば見えるのではないかという気がして、つい暗闇に目を凝らしてしまう。

ときどき、人型の輪郭がぼんやりと浮かびあがってくる。Kだろうか。でもそれは風に吹かれる煙のように薄らいで、別の場所に現れたり、増殖したりする。K自身が音もなく消滅し、移動し、増殖しているように思えてくる。

ダメだ。黙っていると現実離れした妄想がとめどなくあふれてくる。何かしゃべったほうがいい。

「今日もごはん、ありがとう。おいしかったよ」

「そう？　よかった」

「レンコンが特にうまかった」

「うん」

「天ぷら、上手になったね」

「ありがと」

沈黙が降り、僕は焦る。いつもKはしゃべる必要がないと平気で黙るが、僕は場をつなぐためにしゃべらなければと思ってしまう。特にここでは、相手の顔が見えない。電話で沈黙が長引くと電波が切れたかと不安になるように、暗闇の中でKの声が聴こえなくなると彼女の存在自体が消えてしまったように感じられる。

「いる？」

思わず、バカなことを訊いてしまう。

「いるよ」

返事が返ってくる。

「どこにいるの？」

「ここにいるよ」とKは微笑を含んだ声でいった。「なんかこれ、哲学的な会話だね」

声の出どころから彼女の位置を突き止めようとするが、集中するほどわからない。この地下室では、音は独特の響き方をする。かつて彼女とよく楽器を練習していたころも、ふと思いがけない方向からギターの音が聴こえてきてびっくりしたことがある。

今も、Kの声は複雑に屈折しながら反響し、声の主がどこにいるのか見当がつかない。天井から聴こえることもあれば、僕の背後、時には耳元で声が発せられるときさえある。

再び、会話を促したのはKのほうだった。

「仕事、相変わらず忙しいみたいだね。体は大丈夫？」

「まあね。眠いけど、まあなんとかやってるよ」

「それならいいんだけど」

「君のほうは順調みたいだね。『オルフェウス』も大ヒットしてるみたいだし。昼間もずっとここで仕事してるの？」

「そうだよ。窓がない部屋にいると集中力が高まる気がするから」

「おれだったら落ち着かないけどな。それにしてもプログラマーってのは便利でいいね。マックブックさえあればどこでも仕事場にできるんだから。バカバカしい満員電車にも乗らずに済むし……」

話しているうちに、僕はふと疑問を覚えた。

「パソコンは今、充電してないの？」

「どうして？」

「充電中のランプが見えないからさ。それに、オーディオの時刻表示も見えない。もしかして全部コンセントを抜いてる？」

現代の住居には何かしらの電子機器があり、照明を消した後も充電中のランプなどがわずかな光を発しているものだ。この部屋には、それすら全くない。

「そうだよ」とKはあっさり答えた。「ちょっとの光でも、目が慣れてくると私の顔が見えるかもしれないから」

「ずいぶん慎重なんだな」

なぜそこまで見られることを恐れる？　疑問が苛立ちと共にわきあがってくるが、僕はそれを呑み込む。

「当分はこれぐらい完全な暗闇の中でしか会えないというわけか」

「そういうことになるね。あるいは……」

Kはいいかけて口をつぐみ、低い含み笑いをした。

「何？」

「いや、いいの。変なこと思いついただけだから」

「いいからいいなよ」

「ハジメ君の目が見えなくなれば会える」

「それはまた、ずいぶん過激な意見だな」

「心配しないで。失明しろなんて要求するつもりはないから」

「当たり前だろ」

僕は笑い飛ばしたけれど、腋に汗がにじむのを感じていた。本当に僕が視力を失わない限り、彼女は明るい場所で会うつもりはないのではないか。

恐怖にゆがんだ僕の顔を、闇の向こうからじっと観察されているような気がする。同じ条件下にいるはずなのに、僕が不利な立場にいるのは明らかだ。どうすればこの状況を打開できるのか。

先ほどドアの前で感じた、攻撃的な感情が再びこみ上げてきた。

Kを見ることができないなら、代わりにこの手で触れればいい。いや、それでは不十分だ。骨が粉々になるほど、強く抱きしめたい。そのまま殺してしまってもいい。いつか遠い過去にも、僕はそんなふうに誰かを殺したことがあるような気がする。存在しない暴力の記憶。鼻先をかすめる血のにおい。遺伝子を通じて記憶の一部が継承されるという説を、ある本で読んだ。

この生々しい血のにおいは、祖先の嗅いだそれだろうか。そのまがまがしいにおいが、僕を動かそうとしている。

音を立てないように細心の注意を払いながら、ゆっくり椅子から立ち上がった。

「そういえば、昔読んだ小説で、そういう話があったよ」

物音をごまかすため、思いつくままどうでもいいことをいう。

「どんなお話?」

訊き返すKの声に耳を澄ませる。どこにいるのか。相変わらず奇妙な反響。

「谷崎潤一郎の『春琴抄』。読んだことない?」

「タイトルだけは知ってるけど」

Kはあまり日本の小説を読まない。読むのはたいてい情報技術の本か、海外ミステリーだ。

「三味線の師匠をしている、春琴という目の見えない女の人が主人公で、その弟子の佐助という男と恋をする話だよ。この春琴ってのが美人だけど意地悪な女でね。自分に惚れてる佐助をいじめて楽しんでる。三味線の稽古をつけているとき、佐助が音を外すとバチで思い切り叩いたりする。で、佐助もそれを喜んでるんだ」

「SMみたいだね」

「そう。女性崇拝とマゾヒズムは谷崎文学のテーマなんだよ」

「で、その話のどこが私の話と似てるの? 私、別に男の人をいじめて楽しむ趣味なんてないけど」

「もちろんそうだ」僕は笑いながら、ゆっくり一歩前進する。「ただ、小説のラストがちょっとだけ今の状況に似てるんだ。あるとき春琴はその傲慢な態度が災いして、横恋慕してきた悪い男に襲われて顔に大火傷をしてしまう。美貌が自慢だった春琴はショックを受けて部屋に閉じこもり、佐助にも顔を見せなくなる。そこで佐助は春琴を見ずに済むようにと、自ら針で目を突く」

「すごい話だね」

「個人的にはピンとこないんだけどね」

「どのへんが?」

「だって痛そうだもの。おれ、そういうのは昔からダメなんだ」

Kは笑った。

「ハジメ君らしいね。でも、だからこそ話としてはロマンチックなんじゃないかな」

「そうだけどさ、佐助まで失明しちゃったら生活が大変だし」

「そうかな? 私が春琴だったら、佐助も同じ盲目になってくれたほうが嬉しいけれど」

クールなKにしては意外な意見だな。いや、残酷さ加減が彼女らしいともいえるのか。まあ、この際それはどちらでもいい。Kの注意は会話に向いている。僕がゆっくり近づいていることは、悟られていない。

彼女の居場所も、だいたい見当はついている。地下室のインテリアの配置が、ようやくはっきり思い出せてきたのだ。向かって左の隅に、二人掛けのソファが置いてある。背もたれを倒すと簡易ベッドになるタイプのものだ。おそらくKはそこに座っている。

「でもさ」と僕は続けた。「春琴はもともと目が見えないんだろ？　それなら、佐助の目が本当に見えていないかどうかなんて、確かめようがないよね。春琴の前でだけ盲目の振りをしていれば、視力を失わずに済むんじゃないかな？」

「でも、春琴はきっと佐助の嘘に気がつくと思う。目の見えない人は勘が鋭いものだから」

「そうかもしれない。でも、もし絶対に気づかないように演技できたとしたら？　それなら問題ないんじゃない？」

いいぞ。あと、三歩。もしくは二歩というところか。あと少しでKに触れられると思うと、ドキドキしてきた。こんなに鼓動が高鳴っていたらKにも聴こえてしまうんじゃないか、と心配になるほどに。

「それもダメだよ」

Kの声は、すぐ近くから聴こえてくる。

「どうして？」

「誰にもバレなくても、罪は罪だもの」

「そんなことないさ。誰も傷つけない嘘なら、罪とはいわない」

僕は焦りを抑えきれず、手を伸ばしながらソファに向けて加速した。

しかし、僕の手はそこに在るはずのKの感触をとらえることはない。むなしく空を切り、体のバランスがぐらりと崩れる。

何が起こったのかわからない。気がつくと僕は床に転がっていた。床を這うコードか何かにつまずいたのだ。そこにはソファもなかった。

「大丈夫？　転んだの？」

心配そうなKの声が、天井から降り注いでくる。まるで天の声のようだ。

「大丈夫だよ」と、僕は答える。

「そう。よかった」

「もしかして、模様替えした？」

「うん。ちょっとね」

本当に「ちょっと」なんだろうか？　僕にはこの部屋に在るすべてのものが、煮込みすぎたカレーの具のように曖昧に溶け合い、グルグルと流動しているように思える。

「ねえ、K」僕は天井を――もしそれがあるとすればだが――見上げながら、訊いた。「君はどこにいるんだ？」

「ここ、にいるよ」

どこでもない場所から、Kは答えた。

18

翌朝、いつものように満員電車に乗っていると、奇妙な感覚にとらわれた。突然周囲に誰もいなくなり、自分ひとりになった気がしたのだ。もちろん錯覚だ。僕は全方位から見知らぬ人たちの体に圧迫されていて、目の前には不機嫌そうな顔がひしめき合っている。しかし、見れば見るほどなんだか現実感がない。誰かが小型カメラで撮影した映像を部屋で見ているような、遠い感じがする。

寝不足のせいだろうか。それだけではないような気がする。僕はうとうとしながら目を閉じ、考えるともなくその理由を考える。駅に着いて改札を出たとき、その答えがふとわかったような気がした。

このとき僕はすでに乗客たちの顔や姿を、全く覚えていない。これまでも彼らのうち一人の顔も覚えたことはなかったし、これからもないだろう。つまり、彼らは目に入って数秒後には永久に記憶から消えるものに過ぎない。そのことに気づいてしまったから、彼らの存在感が薄らいだのではないだろうか。

役所に着いてからも同じ非現実感が続いた。課長や部署の同僚さえ、なぜか存在が薄く感じられたのだ。電車で乗り合わせた乗客と違い、僕は彼らの顔を記憶している。一、二週間会わなくても忘れることはない。しかし、それはあくまで程度の問題に過ぎないのではないか。この職場を離れて彼らの記憶が不要になったとき、僕はいつかそれを忘れてしまうだろう。覚えていたとしても、その記憶が正しいかどうか、確かめるすべはそのときにはない。

大体、いま僕が課長や他の同僚たちについて知っている（あるいは知っていると思っている）ことだって、いったいどれだけ正確なのだろう。いま目の前にいる課長はサザエさんに出てくる波平のような顔をしているが、昨日の課長はジョニー・デップ似の彫りの深い色男だったかもしれない。いかにも馬鹿げた仮定だが、その正誤を確かめることはできない。かといって、どれだけ努力してこの瞬間の記憶を焼き付けようと思っても、明日まで残るのはそのほんの一部に過ぎないだろう。その証拠に、僕は二日前、三日前の出来事なんてほとんど記憶していないではないか。

そんなことを考えているうちに仕事が手につかなくなり、ほとんど何もできないまま夕方になってしまった。

「今日はもう帰りなさい。顔色もよくないみたいだし」

課長の言葉に甘えて定時に帰ろうとしていると、火野がきた。

「あれ、今日は早いんすね。せっかくだから飲みにいきましょうよ」

「せっかくの定時帰りだからこそ、まっすぐ帰るんだよ」

僕は鞄を手にさっさと歩きだした。火野はついてくる。

役所を出たところで、再び話しかけてきた。

「いいじゃないすかそんな早く帰らなくても、新婚さんじゃあるまいし。旦那が一杯飲んで帰ってくるぐらいのほうが、奥様方は喜ぶものですよ」

「独身の君に奥様方の気持ちがわかるのか?」

「えへへ、昔いい仲になった人妻はみんなそういってました」

僕は苦笑した。

「そりゃ、サンプルが偏ってるよ。人妻がみんな旦那の遅い帰りを望んでるわけじゃない。旦那に不満を抱いている人妻だから、君なんかと付き合うんだよ」

「これはこれは、一本とられたなあ」

火野は落語家みたいにぴしゃりと額を叩いて見せて、

「でも、それをいうならKさんだってそうかもしれないですよ」

「失敬だな君は。そんなことないよ、うちは」

「それはまあ、人んちのことだから憶測にすぎませんけどね。ま、確かに三川さんのところは大丈夫かもしれないなあ。すいませんね、変なことといって」

「いや、いいよ」

駅が見えてきた。これで離れられると思っていたら、また火野がいった。

「そうそう、僕が昔付き合った人妻たちですがね。不思議とみんな共通点があったんですよ」

「旦那に不満があったってことだろ?」

「大雑把にいえばそうですけどね。もう一歩突っ込んでいうとですね、旦那の不倫がきっかけで、彼女たちも浮気に走るんですよ。復讐のつもりなのかな。僕なんかは快楽を楽しむためのいいわけだと思いますけど」

「どうだろう。じゃ、おれはここで。君は歩きだろう?」

「そんなに急がなくてもいいじゃないですか。せっかくいい季節なんだから、ひとつ桜でも見て歩きましょうよ」

「とっくに花は散っちゃったじゃないか」

「葉桜だってなかなかオツなものですよ。年増のいい女みたいでね、若い子にはない渋みがある」

「どっちにしても、花見なんて別に好きじゃないんだ。うるさいだけで面白くもない」

「その通り、凡人のお花見なんてのは風流にかこつけた飲み会に過ぎませんからね。本当の通は酒なんか飲まず、恋人だけ連れて黙って一番美しい桜を眺めるもんです」

顔に似合わないことを、よくもまあペラペラしゃべれるものだと感心していたら、火野が不意に顔をべたりと近づけてきた。

「そういや三川さん、N市で一番の桜がどこにあるか、知ってます?」

「さあ?　やっぱり河川敷かな?　D中の桜並木もいいけど……」

「産婦人科の桜ですよ」とアップになった火野がいう。「だいぶ前に潰れて廃墟みたいになってる、I町の小さな病院。あそこの桜が、このへんじゃ一番樹齢も古くて、枝ぶりも立派なんです。写真好きがわざわざ県外から撮りにきたりもするそうですよ。ま、あの辺をよく通る三川さんには釈迦に説法かもしれませんがね……」

19

結局火野の誘いを断り切れず、近所の焼鳥屋へ飲みにいくことになった。路地の中にあるぼろい店だったが料理は驚くほどおいしく、値段は安い。合コンのときもそうだったが、この男に連れていかれる店は間違いがない。そういう才覚があるのだ。

才覚といえば火野というのは妙な男で、いい奴と嫌な奴のボーダーラインを綱渡りのように歩くバランス感覚がある。疲れ切って不機嫌だった僕も、彼の話を肴に飲んでいるうちにだんだん浮かれてきた。火野の話術は巧みで、バカバカしい猥談や世間話の間に、仕事に役立つ知識——役所内の勢力図の変化や未発表の人事など——をさりげなく放り込んでくる。気がつくと生ビールを四杯、五杯と飲み干し、僕が上機嫌になったところで、

「おれ、三川さんのフルート大好きなんすよ。またKさんとの二重奏、聴かせてほしいなー」

火野はまたそんな図々しいことをいい出した。

結婚したばかりのころ、何度か火野を家に招き演奏を披露したことがある。そのころは夫婦の関係も仕事も順風満帆で、火野みたいな邪魔者を家に入れる余裕があったのだ。

「無理だよ。おれも彼女ももう長いこと楽器をやってないんだ」

「大丈夫っすよ、三川さんなら。才能ありますもん。プロでもあれぐらい吹ける人、そういないすよ」

「調子のいいことばっかりいうんじゃないよ。プロの演奏なんかほとんど聴いたことないくせに」

僕は苦い顔をして見せたが、ほめられて内心悪い気はしなかった。

「えへへ、まあ確かにないですがね」と火野は頭をかいた。「でも、なんつーか、三川夫妻のプレイはぐっとくるもんがあるんですよ。おれ、クラシックなんか正直よくわかんないんですけど、目の前で二人のフルートとギター聴いてると、クラブで踊ってるときみたいなノリになって、ちょっとトランス状態に入りそうになるんすよね。特にほら、あのタンゴかジャズみたいなやつ、すげえかっこよかったなあ。三川さんもKさんも普段割とクールなのに、あの曲やってるときは別人みたいに情熱的になって。特にKさんの変貌ぶりはすごかったな。あのひとがまさかあんな熱いギター弾くとは誰も思わないですもん」

「たぶんピアソラの『ナイトクラブ１９６０』かな。あれはおれたちの十八番でね。二人とも奇跡的にピアソラが大好きで、独身のころからよく一緒に合わせてたんだ」

「そうそう、ピアソラ、ピアソラ。なんかギターの音がやばい殺し屋みたいに冷徹で、かと思えば娼婦みたいに甘いメロディもあって、短い曲なのに一本映画観た後みたいな気分になるんですよね」

「お、火野もたまにはいいこというね」

久々に好きな音楽の話になり、僕はつい乗り気になってしまう。

「まさにその二面性こそがピアソラの魅力なんだ。二面性といえば彼の音楽的なバックボーンもアンビバレンツな成り立ちを有していてね、彼はアルゼンチン人として伝統的なタンゴを愛する心と、ローカルな民族音楽から脱却して普遍的なクラシック音楽に挑戦したいという欲求の間で葛藤を抱えていた。一時期はクラシックに傾倒してパリで勉強したりもしたんだけど、やっぱりタンゴへの思いを捨てきれず、クラシックの対位法や和声法を駆使した実験的なタンゴを作り、自ら演奏する道を選んだ。結果、ピアソラの名声は高まり、世界的なタンゴ・ブームを巻き起こすことにさえなったんだけど、皮肉なことに彼の音楽の斬新さは地元アルゼンチンではあまり受け入れられず、逆に「タンゴの破壊者」なんていわれて批判されることにもなったんだ。僕らがピアソラを聴くときに生まれる感動は、そうした彼の抱えていた深い孤独とも無関係じゃないと僕は思うんだな。たとえばピアソラに『孤独』というタイトルの曲があるんだけど……」

僕はここまで一息でしゃべり、ふと我に返った。火野は真面目な顔で聞いてくれているが、かえって恥ずかしい。

「いや、こんなマニアックな話聞かされても退屈だよな。すまん、音楽の話を始めるとつい熱くなっちゃうんだ。こう見えてガキの頃は音楽家志望だったもんでね」

「全然退屈じゃないですよ。おれ、流行りの音楽しか知らないし、三川さんみたいに学がないですからね。三川さんとしゃべってると自分も頭よくなったみたいで楽しいんすよ。で、『孤独』がどうしたんですか?」

「いや、まあ、いいよ。音楽についてあれこれ語るのは、本当はあまり意味がないことだしね。興味があるなら今度CDを貸してあげるよ」

「どうもあざーす。でも、おれが興味があるのはやっぱ、三川夫妻の二重奏なんですよね。夫婦がプレイしているからなのかな、なんかすげえ音がエロくて、それがたまんないんですよ」

「官能性はピアソラの音楽の特性だからね」

「いえいえ、バッハかなんかやってるときもエロかったですよ」

「だとしたら、エロいのは君の耳だろ」

僕がからかうと、火野はいひひひと笑って、

「まあ、そうかもしれませんね。でも、よく考えてみると、フルートとギターって組み合わせ自体、ちょっとエロくないですか?」

「そうか?」

「だってフルートって楽器の中で一番チンコっぽいし、ギターのくびれはどう見ても女体でしょ」

「よくそんなアホみたいなこと思いつくな」

僕は呆れたが、火野の直感はあながち的外れなものでもなかった。男女で音を合わせるという行為には、確かに少なからず官能的な雰囲気がまとわりつく。

「ね、だからいいでしょ、また遊びにいかせてくださいよ」

何が「だから」なのかわからないが、酒と音楽談義でいい気分になっていた僕は、いつものように強硬に断る力を失っていた。

「ああ、いいよ。近いうちに遊びにきたら」

「約束ですよ。何があってもいきますよ。何しろ僕はお二人のキューピッドですからねえ。約束破るといよいよ天罰が下るやもしれませんよ」

天罰？　やはりこいつは僕と富士田さんのことを知っているのだろうか。

まずいことになってきたな。ぼんやり思ったけれど、なぜか切実な危機感や怒りは湧いてこない。僕の頭はすっかり鈍っていた。

20

相当酔っていた。駅から家までの帰り道で、何度も電柱にぶつかった。僕は電柱に文句をいった。

なぜ僕は火野なんかにあんなベラベラと音楽のことを語ってしまったんだろう。まさに豚に真珠である。しかし、くやしいが火野の意見がときどき妙に鋭いところを突いてくるのも事実だ。Ｋとピアソラという組み合わせは火野がいう通りかなり意外なもので、Ｋ自身もよく不思議がっていたものだ。

「私、クラシック以外の音楽はたいてい退屈で耐えられないんだけど、なぜかピアソラの音楽だけは、最初に聴いたときから不思議なぐらい夢中になってしまったの」

知り合って間もないころ、Ｋがピアソラとの出会いを語ってくれたのを覚えている。

「大学生ぐらいのときだったかな。ギドン・クレーメルがヴァイオリンでピアソラを弾いてちょっとしたブームになったでしょ？　私はあまり流行とか気にしないほうなんだけど、あのときだけは誰よりも真っ先に飛びついて、ピアソラと名のつくＣＤは片端からバイト代をはたいて集めていった。もともと音楽は好きだったからＣＤにお金を使うのは別に苦じゃないんだけど、あのときはちょっと罪悪感があったのを覚えてる」

「罪悪感？　それはピアソラがクラシックと比べて芸術的じゃないから？」

僕が質問すると、Kは例の苦いものを食べたようなしかめ面で首をひねった。

「たぶん、そうじゃない。理由が説明できないから、だと思う」

バッハの『フーガの技法』やモーツァルトの『クラリネット協奏曲』が好きな理由はいくらでも説明できるが、ピアソラが好きな理由はうまく説明できない。そんな意味のことをKはいった。Kの好みからすると、ピアソラのメロディは甘すぎるし、コードは激しすぎる。ピアソラの功績はしばしばタンゴとクラシックを融合させたことだといわれるが、それゆえ、ピアソラの音楽にはどこかいびつな印象がつきまとう。そして第一、Kはタンゴを含むダンスミュージック全般に興味がない。

「それにもかかわらず、たとえば『ミケランジェロ70』を聴けば体がリズムに合わせて動いてしまうし、『ブエノスアイレスの冬』を聴くと胸が熱くなってしまう。そのメカニズムがわからないから、混乱してしまうわけ」

そんな悩みを深刻に語るKに、僕は思わず大笑いしてしまった。

「何かを好きになるのにメカニズムなんて必要ないじゃないか。君は考えすぎなんだよ。世界はプログラムでできてるわけじゃない」

「そんなことわかってるよ。理系の女だからといって、私もそこまで偏った世界観で生きてるわけじゃないんだから」

Kがそんな風に口を尖らせていったのを、今でも覚えている。変なものだ。たった数年前のことなのに、あのころのことを思い出すと現在とのギャップに茫然としてしまう。なぜ二人で楽器を演奏するだけであれほど幸福だと思えたのだろう。しょせんは恋愛の初期に見がちなまぼろしに過ぎなかったのか。

家に着いたのは一時過ぎだった。冷めた天ぷらが食卓にあった。飲み屋でたらふく飲んだあとに見ると、しんなりした衣がいつになく貧相に見える。そうだ、これが現実なのだ。出会って五年もすればお互い飽きもするし、嫌なところも見える。そのくせ、肝心なところではわかりあえないのだ。心が冷えてきたのと同時に、小腹がすいてきた。立ったまま肉の天ぷらを食べると、噛んだ瞬間激しい違和感を覚えた。何だ、この肉は？　形状からして鶏のササミかと思ったが、食感がぶにぶにしていて妙な味の油がしみだしてくる。食べたことのない味だ。その瞬間、去年病院で見た、死んだ赤子の青ざめた肌の色を思い出す。Kはいったい何を揚げたのだ？　ひどい妄想と共に猛烈な吐き気がせりあがってきて、あわててシンクに顔を突っ込んで吐いた。店で食べた大半のものは消化されて茶色いペーストになっていたが、肉の天ぷらだけは原型をとどめていた。肉を観察しようとしてまた気持ち悪くなり、再び吐く。僕は天ぷらをゴミ箱に捨て、嘔吐物を処理した。そのプロセスで、自分のゲロだというのに気持ち悪くて何度ももらいゲロをしてしまう。胃液まで全部吐きつくしてしまうと、ようやく少しすっきりした。思った以上に飲みすぎたようだ。

飯田隆

新哲学対話

――ソクラテスならどう考える？

「よい／悪い」に客観的な基準はあるのか？　人工知能と人間は本当に違うのか――ソクラテスと古代の賢人たちが現代の哲学的難問を大激論！　甦る知の饗宴。

84314-2　四六判（11月上旬刊）２３００円＋税

モーリス・ブランショ

湯浅博雄／岩野卓司／郷原佳以／西山達也／安原伸一朗訳

終わりなき対話

――Ⅲ 書物の不在（中性的なもの、断片的なもの）

言語活動の不可能性から始まった「対話」は、どこに辿り着くのか。作品でもなく書物でもなく、断片化するエクリチュールが開く新たな世界とは。伝説の名著完結。

77553-5　Ａ５判（11月下旬刊）予価５２００円＋税

天沢退二郎／入沢康夫 監修　**栗原敦／杉浦静** 編

宮沢賢治コレクション〈全10巻〉

8 春と修羅 第三集・口語詩稿ほか

―― 詩Ⅲ

主に「生活」や「現実」をテーマにした作品を多く集めた「春と修羅第三集」と補遺全篇と同テーマを多く含んだ「詩ノート」、口語詩稿より数十篇を収録する。

70628-7　四六判（11月下旬刊）2500円＋税

6桁の数字はJANコードです。頭に978-4-480をつけてご利用下さい。

11月の新刊 ●10日発売

ちくま文庫

家庭の事情

源氏鶏太

今、読まないのはもったいない!!

父・平太郎は退職金と貯金の全財産を5人の娘と自分で6等分にした。すると各々の使い道からドタバタ劇が巻き起こって、さあ大変?!　（印南敦史）

43477-7
780円+税

あるフィルムの背景

結城昌治　日下三蔵 編

●ミステリ短篇傑作選

昭和に書かれた極上イヤミス

普通の人間が起こす歪んだ事件、そこに至る絶望を描き、思いもよらない結末を鮮やかに提示する。昭和ミステリの名手、オリジナル短篇集。

43476-0
840円+税

あひる飛びなさい

阿川弘之

敗戦のどん底のなかで、国産航空機誕生の夢を実現させようとする男たち。仕事に家庭に恋に精一杯生きた昭和の人々を描いた傑作小説。　（阿川淳之）

43478-4
860円+税

絶望図書館

頭木弘樹 編

●立ち直れそうもないとき、心に寄り添ってくれる12の物語

心から絶望したひとへ、絶望文学の名ソムリエが古今東西の小説、エッセイ、漫画等々からぴったりの作品を紹介。前代未聞の絶望図書館へようこそ！

43483-8
840円+税

はじめての暗渠散歩

本田創／髙山英男／吉村生／三土たつお

●水のない水辺をあるく

失われた川の痕跡を探して散歩すれば別の風景が現れる。橋の跡、コンクリ蓋、銭湯や豆腐店等水に関わる店。ロマン溢れる町歩き。帯文＝泉麻人

43481-4
760円+税

6桁の数字はJANコードです。頭に978-4-480をつけてご利用下さい。
内容紹介の末尾のカッコ内は解説者です。

好評の既刊
＊印は10月の新刊

焼肉大学
鄭大聲
業界のご意見番による焼肉うんちく本の決定版を、文庫化。あの有名店もこの有名店も、みんなこの本で学んでいる!（金信彦焼肉トラジ社長）
43480-7 780円+税

紅茶と薔薇の日々
森茉莉 早川茉莉 編 甘くて辛くて懐かしい! 解説・辛酸なめ子
43380-0 740円+税

贅沢貧乏のお洒落帖
森茉莉 早川茉莉 編 鷗外好みの帯に舶来の子供服。解説・黒柳徹子
43404-3 780円+税

幸福はただ私の部屋の中だけに
森茉莉 早川茉莉 編 贅沢貧乏の愛しい生活。解説・松田青子
43438-8 760円+税

仁義なきキリスト教史
架神恭介 世界最大の宗教の歴史がやくざ抗争史として甦える!
43403-6 880円+税

青春怪談
獅子文六 昭和の傑作ロマンティック・コメディ、遂に復刊!
43408-1 880円+税

聞書き 遊廓成駒屋
神崎宣武 名古屋・中村遊郭の制度、そこに生きた人々を描く
43398-5 840円+税

マウンティング女子の世界 ●女は笑顔で殴りあう
瀧波ユカリ／犬山紙子 やめられない「私の方が上ですけど?」
43431-9 700円+税

消えたい ●虐待された人の生き方から知る心の幸せ
高橋和巳 人間の幸せに、本当に必要なものは何なのだろうか?
43432-6 780円+税

自由な自分になる本 増補版 ●SELF CLEANING BOOK2
服部みれい 心身健やかに! 解説・川島小鳥
43430-2 780円+税

ブコウスキーの酔いどれ紀行
チャールズ・ブコウスキー 名言連発! 伝説的作家の笑えて切ないヨーロッパ紀行
43435-7 840円+税

セルフビルドの世界 ●家やまちは自分で作る
石山修武＝文 中里和人＝写真 驚嘆必至! 手作りの家
43440-1 1400円+税

末の末っ子
阿川弘之 著者一家がモデルの極上家族エンタメ
43444-9 980円+税

英絵辞典 ●目から覚える6000単語
岩田一男／真鍋博 真鍋博のイラストで学ぶ幻の英単語辞典
43442-5 1100円+税

半身棺桶
山田風太郎 飄々と冴えわたる風太郎節
43458-6 1000円+税

バナナ
獅子文六 獅子文六の魅力がつまったドタバタ青春物語
43464-7 880円+税

ビブリオ漫画文庫
山田英生 編 本がテーマのマンガ集。水木、つげ、楳図ら18人を収録
43468-5 780円+税

新版 女興行師 吉本せい ●浪花演藝史譚
矢野誠一 朝ドラ『わろてんか』放映にあわせて新版で登場!
43471-5 680円+税

箱根山
獅子文六 これを読まずして獅子文六は語れない!
43470-8 880円+税

＊**ほんとうの味方のつくりかた**
松浦弥太郎 必ずあなたの「力」になってくれる
43473-9 680円+税

＊**笑いで天下を取った男** ●吉本王国のドン
難波利三 朝ドラ『わろてんか』が話題
43467-8 880円+税

6桁の数字はJANコードです。頭に978-4-480をつけてご利用下さい。

11月の新刊 ●10日発売 ちくま学芸文庫

ハリウッド映画史講義
蓮實重彦 ■翳りの歴史のために

「絢爛豪華」の神話都市ハリウッド。時代と不幸な関係をとり結んだ「一九五〇年代作家」を中心に、その崩壊過程を描いた独創的映画論。（三浦哲哉）

09828-3
1100円＋税

現代語訳 応仁記
志村有弘 訳

応仁の乱――美しい京の町が廃墟と化すほどのこの大乱はなぜ起こり、いかに展開したのか。室町時代に書かれた軍記物語を平易な現代語訳で。

09826-9
1000円＋税

社会分業論
エミール・デュルケーム 田原音和 訳

人類はなぜ社会を必要としたか。社会はいかにして発展するか。近代社会学の嚆矢をなすデュルケーム畢生の大著を定評ある名訳で送る。（菊谷和宏）

09831-3
1800円＋税

鏡の背面
■人間的認識の自然誌的考察
コンラート・ローレンツ 谷口茂 訳

人間の認識システムはどのように進化してきたのか、そしてその特徴は。ノーベル賞受賞の動物行動学者が試みた抱括的知識による壮大な総合人間哲学。

09832-0
1600円＋税

定本 葉隠〔全訳注〕中（全3巻）
山本常朝／田代陣基 著 佐藤正英 校訂 吉田真樹 監訳注

常朝の強烈な教えに心を衝き動かされた陣基は、武士のあるべき姿の実像を求める。中巻では、治世と乱世という時代認識に基づく新たな行動規範を模索。

09822-1
1500円＋税

素読のすすめ
安達忠夫

素読とは、古典を繰り返し音読すること。内容の理解は考えない。言葉の響きやリズムによって感性を耕し、学びの基礎となる行為を平明に解説する。

09818-4
1200円＋税

6桁の数字はJANコードです。頭に978-4-480をつけてご利用下さい。
内容紹介の末尾のカッコ内は解説者です。

11月の新刊 ●9日発売

ちくま新書

1287-1
人類五〇〇〇年史Ⅰ ▼紀元前の世界
ライフネット生命保険株式会社創業者
出口治明

人類五〇〇〇年の歩みを通読する、新シリーズの第一巻、ついに刊行！ 文字の誕生から知の爆発の時代まで紀元前三〇〇〇年の歴史をダイナミックに見通す。

06991-7
820円+税

1288
これからの日本、これからの教育
前文部科学省事務次官 前川喜平／京都造形芸術大学教授 寺脇研

加計問題での勇気ある発言で時の人となった前文科省事務次官の前川喜平氏と、「ミスター文部省」と言われた寺脇研氏が、この国の行政から教育まで徹底討論。

07106-4
860円+税

1289
ノーベル賞の舞台裏
共同通信ロンドン支局取材班 編

人種・国籍を超えた人類への貢献というノーベルの理想、しかし現実は。名誉欲や政治利用など、世界最高の権威ある賞の舞台裏を、多くの証言と資料で明らかに。

07103-3
900円+税

1290
流罪の日本史
歴史学者
渡邊大門

地位も名誉も財産も剥奪された罪人は、縁もゆかりもない遠隔地でどのように生き延びたのか。彼らの罪とは。事件の背後にあった、闘争と策謀の壮絶なドラマとは。

06999-3
860円+税

1291
日本の人類学
京都大学総長 山極寿一／東京大学名誉教授 尾本恵市

人類はどこから来たのか？ ヒトはなぜユニークなのか？ 東大の分子人類学と京大の霊長類学を代表する二大巨頭が、日本の人類学の歩みと未来を語り尽くす。

07100-2
880円+税

1292
朝鮮思想全史
京都大学教授
小倉紀蔵

なぜ朝鮮半島では思想が炎のように燃え上がるのか。古代から現代韓国・北朝鮮まで、さまざまに展開されてきた思想を霊性的視点で俯瞰する。初めての本格的通史。

07104-0
1100円+税

6桁の数字はJANコードです。頭に978-4-480をつけてご利用下さい。

普段、僕らは食物が体に入ると同時に自分の一部になったと錯覚しているけど、実際は内臓に「外部」が入っているだけのことなのだ。そんなことをふと思う。考えようによっては食べ物を容れる内臓だって「外部」なのかもしれない。内臓は生命を維持するために僕の意志とは関係なく勝手に動いていて、たぶん一生自分の目で見ることもない。もし目にしたら、グロテスクなものが苦手な僕は気持ち悪くてまた吐くだろう。そんな自分で直視さえできないものを、堂々と自分の所有物だと主張するのは図々しいのではないか。手や足だって実は同じかもしれない。現に今夜、僕の手は飲みすぎだと知りつつ酒を体内に注ぎ続け、僕の足はまっすぐ歩くことさえできなくなった。ほとんど自分の意志でコントロールできていない。自分の体ではなく、出来の悪い他人の肉体をやむなく間借りしているような感じだ。

だとしたら間違いなく僕自身と呼べるものはどこにあるのか。本当の自分はどこにいるのか。心？　それも怪しい。肝心なことは何も思い出せず、他人はおろか自分が何を欲しているかさえ知らず、なぜかゲロや内臓に関するどうでもいいことを考えている心。心もまた僕自身とは無関係にうごめいている、脳というぶよぶよした臓器に過ぎないのではないか。

「自分なんてないんだよ」

付き合いだしたころ、Kはよくそんなことをいった。僕の目から見ると、Kは今までに会った誰よりも確固たる自分を持った人間だった。しかし、それを伝えると決まってKは「自分が特別な人間だと思ったり、人に思われたりするのが苦手なの」と眉をひそめるのだった。

「私の考えや感情なんてオリジナルなものじゃなくて、誰かのコピーの寄せ集めに過ぎないと思う。これまでに読んだ本や、会った人や、テレビや映画で見たことや、世間的な常識——そういう膨大な情報がごちゃごちゃに混ざり合ってできているのが私で、その場その場に応じて必要なものをそこから取り出して人に見せたり行動したりして、その結果、かろうじて「Kはこんな人」というキャラクターをとりつくろっているだけなんじゃないかな。顔とか体とかも、偶然与えられた意味のない記号みたいなもの。私の場合は特に、ほとんど自分と区別のつかない顔が子どものころから近くにあったわけで、アイデンティティの根拠にはならないんだよね」

こういう意見を聞かされるたびに僕は困惑した。あるとき、こう反論したことがある。

「なるほどね。君のいうことはよくわかるんだけど、ちょっと極端すぎるんじゃないかな。もし君がいう通り「自分なんてない」のだとしたら、そもそもKという女性はどこにもいないということになるわけだろ？　それじゃ、おれはいま一体誰とデートしてるんだ？　代替可能な、誰でもない女と一緒にいるってことになっちゃうじゃないか」

するとKはまじめな顔で、「まさにハジメ君のいう通りだよ」という。

「私は代替可能で誰でもない女。というか、代替不可能な人なんてこの世にいるのかな？　モーツァルトが死んでも音楽史は終わらなかったし、ケネディが殺されてもアメリカは滅びなかった。ましてや私の代わりになれる人なんていくらでもいる」

「そんなことないよ。君がいなくなったら僕はすごく困る。ものすごく悲しい」

ありがとう、そういってもらえると嬉しいとKはいったけれど、すぐにこう続けた。

「でも、私がいなくなってしばらくしたら、ハジメ君は私のことを忘れるよ。地味な私の顔なんて、きっとすぐ思い出せなくなる」

そんなわけないよと僕は笑ったけれど、Kが正しかったことはその数年後に証明されることになったわけだ。

ハジメ君は私のことを忘れるよ。そういったあの日のKはどんな顔をしていただろう？　悔しいけれど確かに思い出すことができない。浮かび上がってくるのは、消しゴムみたいな白いのっぺらぼうばかり。

表情だけなら、かすかに思い出すことはできる。メロディははっきり思い出せないけど、コード進行ならわかるなつかしい音楽みたいに。Kの浮かべていた表情は憐みだった。でも、何に対する？　あのときすでに、僕らがこうなることを知っていたのだろうか。彼女には僕の知らない僕が見えていたのだろうか。そう思うと恥と怒りの交じった感情がこみあげてくる。それはやがて昨夜と同じ攻撃的な欲望へと変わる。

僕はテーブルに手をつきながら立ち上がった。アルコールを目いっぱい吸い込んだ体はひどく重い。昨日はほろ酔いだったが、今日は完全な泥酔だ。今すぐにでも眠りたいと思ったが、なぜか足が勝手に玄関のほうへ向かう。僕は備えつけの靴箱の戸を開き、最上段の端に置いてあるものを手にとった。

地震の後に買った、懐中電灯だった。スーツのポケットにも楽に入る小型のもので、まだ一度も使ったことがない。僕はそれをポケットに入れると、そのまま地下へと続く階段を下りていく。なぜこんなものを持っていくのか、自分でもよくわからなかった。Ｋを照らすつもりなのだろうか。いや、約束を破るつもりはない。お守りのようなものだ。だが、何から身を守るための？　わからない。酔いが思考を妨げる。ときどき足を踏み外しては手すりにつかまり、少しずつ階段を下りていく。

地下フロアへと続くドアはすんなり開いた。Ｋは鍵をかけ忘れたのだろうか。それとも、僕がくるのを待ち受けていた？　まさか。

短い通路を通り抜け、重い防音ドアを肩で押す。こちらも開いている。

中はもちろん真っ暗だ。

「Ｋ、起きてる？」

「起きてるよ」

「何してたの？」

「さっきまで仕事してた」

「忙しそうだね」

「ハジメ君もね」

「今日は実は仕事じゃないんだ。火野と飲んで帰ってきた」

「道理でずいぶんお酒臭いね」

くすくすという笑い声が聴こえる。どこだ？　どこで笑ってる？

「おかしい？」

「だって珍しいから」

「そうだね。少し疲れてるのかもしれない」

本当に疲れた。立っているのもやっとで、僕は膝に手をついている。

「大丈夫？　ずいぶんしんどそう」とKは優しくいった。「ハジメ君は何でも考えすぎなんだよ。もっと自分に素直になればいいんじゃないのかな」

「自分か。でも、自分なんてない、そうじゃなかったっけ？」

「そうだったね。私もあなたも、本当はどこにもいないのかもしれない」

声がすうっと遠ざかっていく。まるで海に落ちた帽子が、引き潮に乗って沖へ吸い込まれていくみたいに。かすかな潮騒が耳の片隅で響く。追わなければ、と僕は思う。踏み出した足が、柔らかい砂を踏んだときのように床に沈む。目が見えないせいだろうか、平衡感覚がおかしい。地面が大きく横揺れしているような感じがするけれど、きっと実際に揺れているのは僕のほうなんだろう。収まりかけていた吐き気が、またこみあげる。犬のように小刻みな呼吸。誰ものでもない仮の体と心。昨日みたいに、もう足音を隠すつもりもない。今日こそKを抱きしめたい。文字通り壊れてしまうまで。驚いたことに僕は勃起している。こんなに泥酔しているのに、痛いほどに張りつめている。あれだけ試してダメだったというのに、なぜ今になって？恐ろしく歩きにくいが、その痛みは僕を勇気づけてくれる。闇の中で方角を示すコンパスの針。この世のすべてが誰かのついた嘘であっても、この痛みだけは僕だけのものだ。僕は獲物を求めて夜の森をさまよう手負いの獣だ。それにしてもKはどこにいる？　彼女は気配を絶っている。呼吸さえも止めているんじゃないだろうか。僕は耳を澄ませる。子どものころ観た『霊幻道士』というB級ホラー映画を思い出し、おかしくなる。あれに出てくるキョンシーにでもなったみたいだ。

「何を笑ってるの？」

「変なことを思いついたんだ。なんか、キョンシーと人間が追いかけっこしてるみたいだな、ってね」

「キョンシーって何だっけ？」

「香港映画に出てくる目が見えないゾンビでね、人間の呼吸を察知して攻撃してくるんだ」

「ハジメ君がキョンシーなの？」

「そう。すごく凶暴で、頭が悪いんだ」

「面白そう」

「映画ならね」と僕はいった。「これは現実なんだ。つかまったら死ぬかもしれない」

「私はつかまらないよ」

その通りだった。地下室は果てしなく広かった。僕は何度もつまずき、転び、決してKに近づくことができない。ひたすら同じ場所を僕は回り、迷い続ける。北極星の周りをめぐる、燃え尽きかけた暗い星のように。這うように歩く。割れるように頭が痛い。最悪な状況だが、不思議と妙な充実感があるとも思った。僕は何かに似ている。キョンシーとは別の何かに。そのことが僕を力づけている。何だろう？

「なぜ逃げるんだ、K？」

「さあ。追われるから逃げるのかもしれない」

追われるから逃げる。そうか、僕はKに似ているのだ。子どもが死んだあと、執拗に僕を追いかけてきたKに。Kが追うから、僕は逃げた。彼女が怖かった。キョンシーのように理解しがたいものに追われていると感じたから、逃げ続けた。今、僕らの立場は逆転している。Kにとって今の僕は理解不能な怪物だろうか。Kならそれでも僕を正確に分析してしまうだろうか。

いや、Kだって人間だ。わからないこともあるだろう。妊娠に対して異常な情熱を燃やしたKも、僕と同じだったのかもしれない。ゼロを一に補完しようという冷徹な計算なんかじゃなく、彼女もまた分析不能な何かに突き動かされて僕を求めたのかもしれない。だとすると僕は大きな誤解をしていたことになる。Kのことを理詰めで動く妻だと、僕のほうが理屈で決めつけていた。その勝手な解釈が彼女を闇の中に閉じ込めたのだろうか。だがすべては推測に過ぎないし、話し合うには遅い。そもそも言葉で理解し合える問題ではないのかもしれない。僕はこの肉体をもって彼女をとらえ、理解するしかないのだ。しかし、闇と一体化した彼女に触れる方法が僕にはわからない。彼女は確かにここにいる。ほんの数メートル、いやもしかしたら数センチ先にいるかもしれないのに。

もう我慢する必要はないんじゃないか?

僕はポケットに手を入れ、懐中電灯を握りしめた。スイッチを押しさえすれば、追いかけっこは一瞬で終わる。Kの顔を見て、抱きしめることができる。いくらKが得意になって逃げまわってみても、光を持っている僕のほうが圧倒的に有利なのだ。

しかし、僕にはどうしてもそのスイッチを押すことができない。スイッチにかかった親指が石化している。核ミサイルの発射ボタンに置かれた、大統領のそれのように。Kはそれを知っているのだ。

21

僕の遅刻は、すっかり恒例のものとなりつつある。最初の二、三回は心配そうに声をかけてくれた課長も何もいわなくなった。

ミスは増え、仕事は目に見えて遅れていく。仕事中の居眠りが常態化しているのだから当然だが、罪悪感や焦りはない。全く現実感がないからだ。上司に何をいわれても、テレビのニュース番組でアナウンサーがしゃべっているのを見るような感じで他人事としか思えない。自分がこなした業務が、同僚やN市民に対して何らかの影響を及ぼすという実感がまるで持てない。エクセルに数値を入力しているとすぐに数値の意味がわからなくなり、猿が適当にキーボードを叩いているのを眺めているような気分になる。いったんそう感じるともうパソコンに向かうことはできなくなり、トイレに駆け込み「オルフェウス」をプレイする。仕事もゲームも同じ程度に無意味だとしたら、ゲームを楽しんでいるほうがまだマシな気がした。

富士田さんは役所を辞めた。最後の外回りの帰り道、私、今日で終わりなんですと突然知らされた。「辞めてどうするの?」と訊くと、カウンセラーの勉強をちゃんとしてみたくなったのだという。

「富士田さんならきっといいカウンセラーになれるよ」

「お世辞はいいですって」

富士田さんは煙草に火をつけ、僕は窓を開ける。吹き込んでくる風はおだやかで心地よい。お世辞じゃないんだけどな、と思ったがそれを伝えると余計にお世辞っぽくなる気がした。

「今かかってるの、サンジャニじゃないよね」

車内で流れている音楽のことだ。ざらざらした若い男の声が混ざったアイドルっぽい歌声はよく似ているが、微妙に違う気がする。

「よくわかりましたね」と富士田さんは認める。「これ、キスミーっていう別のグループなんですけど、最近ハマッてて。来週新潟公演にいくんで、またお金がなくなっちゃう」

「へえ」

「薄っぺらいなあって呆れてるんでしょ?」富士田さんは笑った。「でも、誰でもいいぐらいに思っていたほうが精神衛生上、リスクが低いんですよ」

「そうかもしれない」

「三川さんも、気をつけたほうがいいですよ。あまり深いところへいきすぎないように」

「覚えておくよ」

だんだん僕の周りから人が離れていく。寄ってくる人間といえば火野だけだった。近ごろは仕事がどれだけ残っていようと僕は定時にこっそり職場を出るのだが、気がつくと背後に火野がいる。そうして誘われるまま薄暗い裏通りへ入り酒を飲む。

深夜に帰ると懐中電灯を手に地下室へ下り、Kを追いかけるのが日課だ。日を追うにつれ、彼女をとらえることの絶望的な難しさが明らかになる。僕が衰弱していくのに比例し、彼女が元気になっていくからだ。

闇の中のKは、まるで籠から川に還された魚みたいに生き生きとしていた。懐中電灯で照らしたときに映るのは僕の知っているKではなく、空中を泳ぐ魚かもしれない。それとも凶暴なサメやワニだろうか。

暗闇の中で過ごす時間は悪夢そのものだが、茫洋と過ごす昼間と比べればはるかにリアルだといわざるをえなかった。今や地上のどこにも僕の探すべきものはないが、地下には少なくともKがいる。命をすり減らすだけとわかっていても、僕は地下へ下りていくしかない。

そうこうしているうちに、梅雨がやってきた。

22

梅雨は毎年憂鬱なものだけれど、今年は格別だ。役所に出てもまったく調子が出ず、仕事中に起きている時間のほうが短いほどだ。

この日も午後の業務が始まったとたん僕は眠りに落ちた。唇から糸が垂れていた。温厚な課長が珍しく「もう帰れ」と怒鳴った。荷物を片付け、執務室を出ていく僕に、課長は「今度カウンセリングを受けてみたらどうだ」と疲れた顔でいった。たぶん客観的に見ると僕は病気なのだろう。それはわかる。でも同時に、異常なのはお前らのほうだ、という気持ちもある。なぜこんな嘘くさい世界で何の疑いもなく生きていくことができるのか。僕は病みつつあるのではなく、逆に何かから癒えつつあるのではないか。

外は土砂降りだった。どうせ家に帰ってもやることなどない。気長にやむのを待つつもりで、ビニール傘をぶら下げたまま雨を眺めていると、お前の中には何ひとつ残らないのだ、お前は重要なものをすべて見過ごしながら生きているのだ、と誰かにいわれている気がした。本当にそうだろうか。たとえば僕はこの雨を、いったいどれだけの間自分の中に残すことができるだろう。数限りなく地上に突き刺さる雨の針のうち、せめて一本ぐらいは記憶にとどめることができるだろうか。試しに目を見開いて雨を凝視してみたけれど、もちろん無駄だった。時速何キロ出ているのか知らないが雨の落下は思いのほか速く、かろうじて視界にとらえられるのは淡い残像だけで、次の瞬間にはもう別の雨がそれをかき消してしまう。いま目の前にある雨降りの風景は静止した一枚の絵であると同時に、肉眼ではとらえられないほどの猛スピードで一瞬ごとに激しく変形し続ける映像でもある。一度視界から失われた雨は宇宙が終わるまで僕の目に再び戻ってくることはない。そう思うと唐突に時よ止まれと大声で叫びたいような焦りに駆られたが、よく考えるまでもなくこんなどうでもいい瞬間に世界が静止してしまうのはつまらない。しかしどんなときになら時間が止まればいいと本気で思えるのだろう。そんな瞬間が果たしてこの先僕の人生に訪れることはあるのだろうか。

雨が小降りになったのを見計らい、僕は歩き出した。足取りは重い。役所にいる時間は耐え難いほど空虚だが、地下室に満ちたあの濃密すぎる現実感もまた耐え難い。富士田さんがいった通り、僕のような凡人にはほどほどに薄っぺらい時間が分相応なのかもしれない。

最寄り駅から家までの道のりもやはり雨だった。靴下が湿ってきて気持ち悪い。革靴に隙間ができているのかもしれない。憂鬱な気分でようやく家の前に着いたとき、違和感を覚える。何だろう。平屋の木造家屋はいつもどおりの冴えない姿で雨に打たれている。錆びついた門をくぐり、紫陽花がささやかにうずくまる小さな庭を抜けたとき、ようやくはっとする。

そうか、平日のこの時間帯に帰宅するのは初めてなのだ。学校を早退したときのような、ちょっと非日常的な感覚がある。今Kはどうしているのだろう。地下のほうが仕事がはかどると話していたし、慎重な彼女のことだから不用意に地上階に出てくることはないだろう。だが、荷物の受取りなど、必要があって地上に出ることはあるはずだ。もしかすると、Kは今一階にいるかもしれない。そう考えると緊張してきた。家に入ってKと出くわしたらどうなるのだろう。これはルール違反なのだろうか。いや、この場合は偶然なのだから不可抗力だろう。呼吸を落ち着けて傘を畳み、傘立てに差す。

しかし静かにドアを開けて玄関に入った瞬間、再び僕は落ち着きを失う。見慣れない靴があったからだ。

こんな雨の日に、真っ赤なハイヒール。泥ひとつついていない。

Kのものではない。Kは歩きにくい靴を嫌うし、赤いものは身に着けない。

突き当たりにあるリビングのドアについたすりガラス越しに、蛍光灯の光が見える。誰かいるのだ。

空き巣、強盗といった物騒な単語が頭をよぎったが、雨の日に赤いハイヒールを履いてやってくる泥棒はたぶんいない。Kの友人でもきているのだろうか。しかしKも僕も人づきあいが悪く、火野を除いて友人と呼べそうな人間が家にきたことはない。

僕はわけがわからないまま靴を脱ぎ、湿った靴下でそろそろと廊下を歩いた。ドアの向こうから、クラシックが聴こえてくる。

リビングのドアを開けた瞬間、時間が数か月前まで巻き戻されたかのような錯覚を覚えた。

Kがソファに座ってテレビを観ていたのだ。

23

煌々と輝く蛍光灯の下でKを目にするのは数か月ぶりだ。こんなにあっけなくKの顔を見てしまっていいんだろうか。ちっともハッピーエンドという感じがしない。何かに騙されているような気がしてならない。

テレビではオペラが流れていた。モーツァルトの『コジ・ファン・トゥッテ』のDVDだ。かげりのない能天気なアリアをソプラノ歌手が歌っている。僕はオペラなら断然ワーグナーかヴェルディなのだけれど、Kはモーツァルトをひいきにしていて、とりわけ『コジ・ファン・トゥッテ』がお気に入りだった。

Kはソファにだらりと体を沈めたままじっとテレビを観ていたが、やがて僕のほうを見た。驚いたり、怯えたりする様子はない。

「あら、おかえりなさい、ハジメさん」

にっこり笑う彼女の声を聴いて、ようやく僕は勘違いに気づいた。

「なんだ、Kさんか。びっくりしたな。ご無沙汰してます」

Kの双子の妹。漢字で書くと簡単なほうの恵《けい》さんである。

東北にあるKの実家は結婚前に一度訪れたきりだが、その際、Kさんにも会った。一卵性双生児なので顔は似ているけれど、メイクや髪形、服装や立ち居振る舞いが全然違うので、区別はすぐつく。

Kさんは体にぴったり吸いつくような赤いワンピースを着て、濃厚な化粧と見事なつけまつげで目力を発揮している。地味なKとは対照的なファッションだ。

「ほんとご無沙汰よ」とKさんはあでやかに唇を開いて笑った。「うちの実家のほうにも全然顔出してないでしょ？」

「ええ、仕事が忙しくてなかなか……」

「ま、私も全然帰ってないんですけどね、向こうには」

「なんだ、お互いさまじゃないですか」

僕は笑ったが、Kさんは少し眉をひそめた。

「ハジメさん、なんかやせた？　ちょっと人相変わったみたいだよ」

「はは、最近ちょっとハードワークだったもんでね。有休がたまってたんで、今日は早めに帰してもらったんですよ。ちょっと着替えてきます」

Ｔシャツとジャージに着替えてから、ソファに並んで座り、『コジ・ファン・トゥッテ』を流したまま簡単に近況を報告し合った。

ファッションデザイナーであるＫさんは、先週までニューヨークでファッションショーに関する仕事をしていて、今は休暇で東京をぶらぶらしているのだという。「休暇っつっても、結局ショップのぞいたり美術館回ったりしてるから、半分仕事みたいなもんなんだけどね」とＫさんは笑った。姉との挨拶は済んだので帰るつもりだったけれど、あまりに雨が激しいので、ラックにあったＤＶＤを適当に選んで観ていたのだという。もっともＫさんは姉とは違い音楽に興味はなく、もっぱら衣装と美術に注目していたのだそうだ。

「でも、どうして急に我が家に？」

「最近、姉さんとメールしてると、様子がちょっと変みたいだったから」

外国によくいくからだろうか、「メール」がやけにいい発音である。

「変って？」

と訊くと、Ｋさんは肩をすくめる。

「地下室にこもって出てこないんだから、普通とはいえないでしょ」

「彼女、そんなこともメールで報告してるんだ」

「誤解しないで。姉さんがそうはっきり書いて送ってきたわけじゃないのよ。でも、変ねえ、やっぱり双子だからなのかな。なんとなく、何か変なことが起こってるんじゃないかって気がして、遊びにきたわけ」

「第六感ってわけですね」僕は彼女をまねて、肩をすくめて見せた。「それで、Kとは会ったんですか」

「さっき、地下にいってきたところよ。案外元気そうで安心したけど」

「電気はつけましたか？」

Kさんは首を振った。

「ううん。なんか油がはねてやけどしたとかいって、暗闇の中でおしゃべりしたよ。昔から姉さんはそういうところがあったから、それほどびっくりはしてないんだけど」

「そういうところって？」

「落ち込むと、押し入れに潜りこむ癖があったのよ」

「それ、初耳だな。悪さをして押し入れに閉じ込められるんじゃなくて、自分から？」

「そうそう。何もいわずに姿を消すんだけど、そういうときはたいてい押し入れの中にいるのね。猫と一緒に、丸まって寝てるの。小学校の四年生ぐらいまで、たまにあったかな」

「何か嫌なことがあったのかな？」

「さあ？　誰にも理由はわからなかったわ。姉さんは私と違って優等生だったし」

「でも、お父さんやお母さんは困ったでしょう。急に押し入れに入っちゃうんだから」

Ｋさんは真っ赤なマニキュアを塗った長い爪をあごにあて、微妙に首をひねった。

「どう困ればいいのかわからなくて困ってる、みたいな感じだったな」

「どういうことですか？」

「姉さんが誰にも迷惑をかけなかったから。押し入れに入るといっても朝はちゃんと起きて学校にいくし、宿題は押し入れの中できちんとする。ごはんも普通に食べて、お風呂にも入る。ただ、それ以外の時間は誰ともしゃべらずに押し入れにいる」

「一種の奇行には違いないけど、叱るための正当な理由がない」

「その通り。うちの両親も、結局そっとしておくことしかできなかったわ」

僕はちょっと怖くなった。Ｋが今実行している奇行も、誰かに具体的な迷惑をかけているわけではない。彼女は家事も仕事もしているし、僕とのコミュニケーションを完全に拒絶しているわけでもないのだ。そしてそういう奇行が子どものころからのものだとしたら、問題は相当に根深いといえるのではないか。

徐々に暗い気分に落ち込みながら、僕はぼんやりと『コジ・ファン・トゥッテ』を眺めていた。トルコ人風の男が甘いテノールで若い女を口説いているシーンだった。

このフィオルディリージという女は恋人が昨日戦地へ出かけたばかりで、貞操を守るためトルコ人を拒もうとしているのだが、もう陥落は時間の問題。でも、実はいまフィオルディリージを口説いているトルコ人風の男は彼女の妹・ドラベッラの恋人であるフェルランドで、彼女の貞操を試すために変装しているのだ。一方、戦役に出たはずのフィオルディリージの恋人・グリエルモもまた変装して妹のドラベッラを誘惑しており、こちらは一足先に成功済み。

いわば二組の男女が一種の疑似的なスワッピングを演じているわけで、ずいぶんと乱れた話である。なんでKはこの終始チャラチャラしたオペラが好きなんだろう。もちろんモーツァルトだけに音楽は超一流だけれど。

「ま、そんな深刻に考え込むことないんじゃないかな？　そのうちきっと出てくるわよ」

逃げた猫の話みたいに軽くKさんがいうので、僕も「そうですね」と苦笑するしかない。するとKさんは「あれ」といいながら僕に近づき、身をかがめた。

「穴空いてるよ、それ」

ジャージの膝のところに、小指の先が通るぐらいの穴が空いていた。

「ほんとだ。気づかなかったな」

「縫ってあげよっか」

「いいですよ、もう古いやつだし」

「遠慮しなくていいよ、私こう見えてそういうの得意だし。一応プロだからね」

早くもルイ・ヴィトンのハンドバッグから、てのひらサイズの裁縫セットらしきものを取り出している。

「ほら、早く脱いで」

ここで脱ぐのか。一瞬たじろいだが、変に躊躇するのもかえっていやらしい気がして、脱いだ。さっき部屋で着替えたとき、念のためパンツを一番いいのに履き替えておいてよかったと思った。

「ハジメさん、姉さんが出てこないかもって思ってるんでしょ?」縫い針を素早く操りながら、Kさんはいう。「でも、もしほんとに出てこなかったらどうするつもりなの?」

「どうするって……」

「ね、本気でそう考えたことないでしょう。それって、放っておいてもそのうち出てくるとどこかで思ってるからなんだよね」

「確かに、そういう側面もあるかもしれないけど……」

「それとも姉さんの代わりぐらい、すぐ見つかると思ってるから余裕なのかな」

「それはちょっとひどいな。さすがにそんな薄情な男じゃないですよ」

Kさんは手を止めて僕を見た。思ったより距離が近い。

「そうかしら?　人は自分で思っているよりも薄情だし、その人でなくちゃいけないという理由も本当はどこにもない。私なんかは双子だったから、特にそう思うのかもしれないけどね。親にさえ私たちの区別はつかなくて、しょっちゅう間違えられた。私が派手な格好をするようになったのは、そのせいかもしれない」

「なんだかKみたいなことをいいますね」

　Kさんは妖しく微笑みながらさらに十センチ僕に顔を寄せる。

「忘れたの？　私もKなのよ」

　あ、と思わず声が漏れそうになる。人の顔というのは、近すぎると全体に焦点を合わせるのが難しくなる。ピントが合うのはKさんの目、鼻、口といった断片だけになり、それらはメイクの違いを除けばKそのものだったのだ。

　いや、今さら何をいっているのだ。それは当たり前だろう。KとKさんは双子の姉妹なのだから。だからこそ最初にリビングに入った瞬間、僕はKさんをKと見間違えたのだ。目の前にいるのはKではないが、Kの顔は今ここにある。そしてそう判断できるのは、僕がKの顔をすでに思い出しているからだ。

　だとすると、Kの顔をめぐる僕の記憶喪失——あるいはそのようなもの——はすでに解決していることになる。しかし全然すっきりしない。依然として残るこの腑に落ちない感じは何だろう。

　その答えを探りながらKさんの顔を、正確にいうと左目を見つめる。その目がすばやく三回瞬きをする。その神経質な瞬きの仕方はKとそっくりだ。これはKの顔だ、という確信がさらに深まる。にもかかわらず——こう考えるのはとても奇妙なのだけれど——僕はまだKの顔を思い出せていない。視覚から届く映像を、油が水を弾くように意識が拒んでいる。うまくいえないがそんな感じだ。どうすればその両者を溶け合わせることができるのか。

　Kさんの冷たい鼻息が頬をくすぐる。抱きしめたい、と思う。Kさんはきっと僕を拒まないだろう。というかたぶん誘っている。しかし、何かが心に引っかかっている。抱いてはいけない、これは罠だという警告が遠くから響いている。迷いながら僕はKさんの肩を抱き、Kさんは従順に目を閉じる。閉じたその目がKに一層似ていると感じたとき、僕を思いとどまらせたのはテレビから響く男たちの合唱だった。

――女なんてそんなもん《コジ・ファン・トゥッテ》さ。

　聴衆の笑い声も交じっている。この滑稽なオペラのハイライトの一つで、愛していた恋人にあっさり裏切られた男たちが嘆き、やけっぱちで歌う場面だ。

「やっぱりやめときますよ」

　Kさんは目を開き、にやりと笑う。

「臆病なのね」

「それもあるけど、Kさんが相手というのはやっぱりまずいんです。あなたとKは似すぎている。混ざってしまうと、元に戻らないような気がする」

「変な理屈ねえ。まあいいけど」

　Kさんは楽しそうに笑い、何もなかったかのように縫物の続きを始めた。

これでよかったのだ。僕はテレビを眺めながら呼吸を落ち着ける。

「ほら、できたよ」

僕は礼をいい、ジャージを履きながら訊いた。

「何かきっかけはなかったんですか？」

「え？」

「Kが押し入れから戻ってくるときのきっかけですよ。たとえば家族がこう声をかけたら出てきた、とか」

Kさんはワンピースから露出したほっそりとした足を組みなおし、思い出したようにつぶやく。

「家族が何いってもダメだったけど……」

「何です？」

「子どものころ、私たちピアノのレッスンを受けていたの。隣町に住んでる先生がうちまできてくれてね。先生がきてくれる日に限っては、姉さんはどれだけ強固に押し入れにこもっているときでも顔を出して、レッスンを受けてた。で、いつの間にか元に戻ってた気がする」

それだけピアノを弾くのが好きだったということか。しかし、それなら先生がこない日に一人で弾けばいい。先生のことがよほど気に入っていたのか。

「先生というよりは、先生の音が好きだったみたい。手首を痛めるまでは海外で演奏したりもしていた元ピアニストで、六十近いおばさんだったんだけど、びっくりするぐらい澄んだ音を出すのよね。姉さんはよく練習もそっちのけで、先生にねだってバッハやドビュッシーを弾いてもらってた。それが楽しみで、押し入れから出てきたみたい」

「ふうん、子どものころから音楽が好きだったんだな」

「そうだ。姉さんをコンサートにでも誘えば出てくるんじゃないの？」

名案を思いついたようにKさんはいったが、僕は首を振った。

「残念ながら、そんな簡単に釣られて出てくるとは思えないですね。彼女は耳が肥えていて、下手な生演奏よりは録音のほうが好きなんです。トスカニーニかグレン・グールドあたりがコンサートをやるなら話は別かもしれないけど、あいにくとっくに死んでる」

「じゃあ、ハジメさんがやればいいじゃない」

「何をです」

「グールドの代わりをよ。フルートを吹いて姉さんを引っ張り出すの」

僕は思わず噴き出した。

「そんなの無理ですよ。僕はただのアマチュアだし、ここんところ全然吹いてないから。それに、フルートってのはピアノと違って独奏曲もあまりないし……」

「こういう場合はフルートがむしろ似合うんじゃない？」

「なんでですか？」

「フルートの音って、なんだか祝祭的な感じがするでしょ。祭囃子みたいで。すねて引きこもっている女神さまを誘い出すにはぴったりの楽器なんじゃないかしら」

「天岩戸《あまのいわと》のアマテラスってわけか。ずいぶん壮大な話になってきましたね。まあ、考えておきますよ」

雨音が聴こえなくなったので、Kさんは帰るといった。

「またくるわ。何かあったら、メールで知らせて」

僕らは玄関に立っていた。ドアを開けると、雨が上がって雲間から日が射している。

「ええ、いつでもきてください」

「私がくれば、姉さんの顔が見れない寂しさも和らぐでしょ。何しろおんなじ顔だから」

「いや、やっぱりKとKさんは違いますよ」

「でも最初、姉さんと間違えたでしょ?」

「一瞬ね。でも、さすがに三年一緒に暮らした夫婦ですから。違いはわかります」

「さすがねえ。姉さんが聞いたらきっと喜ぶわ」

Kさんの赤いハイヒールは、青い紫陽花の脇をすり抜けて外へ出ていった。

24

Kさんが帰った後、僕はしばらく虚脱していた。なんだか夢でも見ていたみたいな感じだった。しかしDVDプレイヤーには『コジ・ファン・トゥッテ』が入っているし、ソファには裁縫セットが置き去りにされている。確かに彼女がこの部屋にいたということだ。

今、Kさんが帰ったよ。

KにLINEのメッセージを送るとすぐに「既読」になり、返事がきた。

ハジメくん、もう帰ってるの？

うん。体調がイマイチで早退したんだ。そしたら妹さんに出くわした。

そうなんだ。突然でびっくりしたでしょ？

まあね。

何かいってた？

君によろしくって。

いっていなかったけれど、これぐらいの嘘は方便だろう。まさかキスしそうになったけど我慢したなどとはいえない。

そう。

今日のご飯はどうする？

家で食べるつもりだけど？

でも、ハジメ君が上にいたら、私、一階に上がれない。

そういうことか。普段なら彼女は、夕方になると一階に出てきて料理をするのだろう。

そうだったね。

じゃあ、今日はメシはいいよ。自分で何か作る。

君の分も何か作ろうか?

ありがとう。でも、地下のキッチンで自分の分を作るから大丈夫。

了解。

僕はスマホをテーブルに置き、ぼんやり窓に目をやる。外はもうかなり暗くなっていて、レースのカーテン越しに夜がしみこんできた。

食事をとるべき時刻だったが、料理をする気にも出かける気にもなれない。灯りをつけるのも面倒だ。僕にとって暗闇は明るい場所より親しいものとなりつつある。Kもそうだったから、暗い押し入れなどに隠れたのだろうか。押し入れに入ったKはどんな気持ちだったのだろう。過去と似た状況に身を置くと当時の記憶がよみがえりやすくなる、と本で読んだのを思い出した。僕はKではないけれど、暗くて静かな場所にいると、なぜか少女時代のKの記憶がたどれるような気がしてくる。

フルートを吹いて姉さんを引っ張り出すの、とKさんはいった。そんなことできるものか。音楽で誰かを救い出すなんて、それこそ神話に過ぎない。

神話？

楽器を使って妻を救おうとする男といえば、ギリシャ神話のオルフェウスもそうだった。Kもまた、僕がフルートを持って地下に現れるのを待っているのか。それが「オルフェウス」というゲームタイトルに込められた本当のメッセージだったのか。

しかし、オルフェウスは地獄の番犬を竪琴で手なずけるほどの天才プレイヤーなのだ。僕なんかとは格が違う。荷が重すぎる。

そう思いながらも僕は寝室へいき、一年ぶりにフルートケースを開いた。

Kさんの言葉を真に受けたわけではない。オルフェウスになれるとうぬぼれているわけでもない。たぶん、僕が今フルートを手にしているのは、これまでもどうしようもなくなったときはいつもそうしてきたから、ということを思い出したからだ。

中学校の吹奏楽部で始めて以来、いつもフルートを吹いていた。大した才能はなかったけれど、人一倍練習熱心だったから、いつも最後にはフルートパートの首席奏者を任せてもらえた。でも、僕の資質は根本的に音楽家向きではなかったと思う。僕は別に表現者になんてなりたくなかった。ただ現実逃避のためのシェルターとして音楽にこもっていたのだ。

学校や実家、会社でうまくいかないことがあるたびに、夜中まで近所の河原でフルートを吹きまくった。思う存分吹いた後には、少し気分が晴れた。Kと出会って合奏を楽しむようになるまで、僕にとってフルートは孤独に耐えるための武器だった。

そのころを思い出しながら、寝室でフルートを吹いた。一年ぶりだから、さすがにボロボロだ。指はもたつくし、息が全然もたない。イメージしている音を、楽器が出してくれない。テクニックが衰えたというより、楽器に嫌われているという感覚だ。

一時間ぐらい単純なスケールや練習曲を繰り返して吹き、ようやく指が温まってきたところで、本棚から楽譜を取り出した。バッハの有名なシチリアーノ。チェンバロパートをKがギターで弾いて、よく一緒に演奏した曲だ。メロディはシンプルだし、初級者の練習にちょうどいい難易度だけれど、ゆったりと波にゆられるような優雅なリズム感を出すには、それなりにセンスがいる。

Kと出会うまで、僕はさほどバッハが好きではなかった。偉大な作曲家ではあるけれど、いささか渋すぎる。しかし、Kと一緒にフルート・ソナタを吹いているうちに、だんだん魅力がわかってきた。バッハの天才たるゆえんは美しいメロディでも荘厳な和声でもない。複数のメロディが対等に絡み合って一つになる、組み木細工のように精緻な対位法だ。その凄さはもちろん聴くだけでも理解できるが、プレイヤーとして自ら音を体験したときにこそ最も深く味わえるものだと思う。

意外なことに、僕はこのシチリアーノをまだほとんど暗譜していた。頭ではなく、体が覚えているのだ。自分の意識とは無関係に指が勝手に動くのは、奇妙な心地よさがある。誰か別の人間に操られているみたいだが、動かしているのは僕だ。

こういうのを、確か非陳述記憶っていうんだったな。僕は記憶心理学の本で読んだことを思い出す。人間の記憶は大別すると、言語化して思い出せる「陳述記憶」と、言語化できない「非陳述記憶」の二種類に分かれる。僕らが普通に「記憶」として意識しているのはほとんど陳述記憶で、たとえば「何年前のいつどんなことをしたか」といった過去の出来事や「物や概念の名前」などがこれに当たる。

一方、非陳述記憶は「歩くときの動作」「自転車の乗り方」といった日常動作やスポーツ、楽器演奏や絵画制作などに必要な記憶を指す。どれも感覚的なものだから言葉で説明することは難しいが、確かに「記憶」に違いない。たとえば僕らは歩行するとき、いちいち「右足を出すと同時に左手を前に出し、次に左足を出して右手を前に出し……」などと意識することはないが、そのプロセスを脳が記憶しているから歩くことができている。野球選手は無意識にボールの軌道に反応してベストなスイングを繰り出すし、ラフマニノフの複雑なコードを連打するとき「何番の指がどのキーで……」などと考えるピアニストはいない。それらの動作は訓練によって記憶され、無意識の領域で体をコントロールする。

このような「自分で意識することができない記憶」は、人が思うよりはるかに多く脳内に保管されているという。たとえば物事に対する好悪も非陳述記憶に属するそうで、あるものを見聞きした記憶が完全に消失しても、それが好きだ（あるいは嫌いだ）という判断や感情だけは脳に残ったりする。そうして蓄積された無意識の記憶が膨大に積み重なり、複雑にブレンドされることで、各人に固有の「好み」が形成されていく。

だとすれば、何かを好きな理由を言葉にするのが難しいのは当然だ。Kはかつてピアソラが好きな理由をうまく説明できないことに戸惑っていたけれど、そんなことを気に病む必要などなかったのだ。Kは確かに恐ろしく記憶力がいい。彼女なら、物心ついてから今までのことを全部事細かに語れたとしても不思議ではない。しかしそのKの中にさえ、語ることはおろか彼女自身触れることもできない領域が果てしなく広がっている。

最も重要なことは、語ることができない領域に属しているのかもしれない。フルートを吹くことで得る快感も、Kに会いたいという欲望も、正確に言語化することは不可能だ。そう考えることはなぜか僕をほっとさせる。僕はその安堵を求めてフルートを吹いているのかもしれない。夢中で楽器を練習するときに頭が空っぽになる感じは思考停止に似ているが、違う。脳は停止しているのではなく、見えないところでさかんに活動しているのだ。まるで植物が音もなく暗い土の底へ根を広げていくみたいに。

次の日の夜、僕は地下室へ下りた。左手にフルート、ポケットには懐中電灯。オルフェウスの竪琴ほど頼もしくはないけれど、僕に用意できる最大限の武器だ。幸い、僕の前に立ちはだかるのはケルベロスでもハデスでもない。

「こんばんは」とKはいった。「何か手に持ってるね」

「どうしてわかる？　見えないのに」

「何となくわかるの。部屋に入ってきたときの感じで。ほら、明るい場所でも、太った人が部屋に入ってきたときと、痩せた人が入ってきたときって、感じ方が違うでしょ？　その人がおしのける空間の体積が変わるからかな」

「君のためのプレゼントだよ」

「ありがとう。何かしら？」

僕はフルートを構える。暗闇の中で楽器を持つのは、変な感じだ。特に金属製の管楽器は、外観と音の印象が固く結びついている。銀色に光る音色が、闇に塗りつぶされてしまうような気がする。

だが、そんなのは妄想だ。見えないだけで、フルートはここにある。暗譜は完璧だし、目をつぶって吹く練習もした。

バッハのシチリアーノ。緊張で立ち上がりの息が少し震える。でも、悪くはない。少々繊細すぎるビブラート、と思うことにしよう。細い銀色の光の糸が、暗闇に八分の六拍子の曲線を描きながら漂い出す。この部屋のどこかにいるKを目指して。メトロノームも伴奏もないから、テンポは自分自身でコントロールするしかない。僕は頭の中でリズムを刻むチェンバロを鳴らし、それに合わせて体を揺らす。フルートの休符の間も、想像上のチェンバロで埋める。

不思議なことが起きる。

伴奏が聴こえてきたのだ。想像上の音ではなく、鼓膜を震わせる実在の音。確かに空気が振動している。

しかも、チェンバロの音ではない。クラシックギターの音。紛れもなく、Kの音色だ。薄く柔らかい爪で奏でられる、透明な音。メトロノームのように正確なリズムと、恥じらうように消えゆくデクレッシェンド。彼女の癖だ。

Kが弾いているのだろうか。しかし、いつの間に準備をしていたのだろう。僕がフルートを持参することをあらかじめ知っていたのか。

波に乗る小舟のように、僕のメロディはKの伴奏の上で優雅に踊る。久しく体験しなかった快感が僕を浸していく。きっとKもそうに違いない。

Kの気配を色濃く感じる。彼女が近くにいることがはっきりわかる。地下室にくるようになって初めてのことだ。彼女の肌から立ちのぼる体温と、かすかな吐息。誰かが僕の肩にそっと触れる。Kだ。いつもひんやりとしている、ギター弾きにしては小さいてのひら。その手が肩から降りて、僕の腰に回される。Kが後ろから抱きしめている。だがギターの音がやむことはない。Ｋはどこにいるんだろう。ギターを弾くＫと、僕を抱きしめるＫの、どちらが本物なのか。

いや、どちらもきっと本物なのだ。そう考えるより仕方ない。僕らの手の届かない領域のどこかで、これは起こっていることなのだ。それ以上考えることに意味はないし、第一そんな余裕もない。アイコンタクトが使えない暗闇の中で、相手の音に合わせて吹くのは難しい。僕らは互いに奏者であり、聴衆でもあらねばならない。そう思うと緊張する。息が乱れ、運指に不安を覚える。嫌な予感がする。音楽を司るのは無意識の領域だ。意識が無理にコントロールしようとするとき、均衡は崩れる。

予感は的中した。主題に戻ったとき、無様なミスタッチをしてしまったのだ。その瞬間、間違ったキーを押した右手の中指に鋭い痛みが走り、僕は思わずフルートを取り落としてしまう。音楽は中断され、僕はうめき声をあげながらその場にうずくまる。僕を抱いていたＫの腕も消えた。それより、おれの指はどうなったんだ？　今までに感じたことがない痛みに取り乱し、暗闇の中で指を探ったとたん、背筋に冷たいものが走った。中指がないのだ。根元から鈍い刃物で無理やり切断されたような感じで、いびつな傷口からドクドクと熱い血がほとばしっている。目には見えないが床は血まみれになっているだろう。それを想像すると気を失いそうになる。

「どうかしたの？」

涼しい声でKが訊く。

「信じられない。指がないんだ」

うろたえながら訴えるが、Kの反応は冷静だ。

「そんなわけないよ。ちゃんと確かめてみた？」

「確かめるも何も……」

彼女のいう通りだった。指は元通りになっていて、かすかにヒリヒリした痛みが残っているだけだ。錯覚だったのだろうか。だが錯覚にしてはあまりにリアルすぎる。わけがわからず混乱している僕に、Kはクールにいった。

「次は間違えないでね。いくよ。一、二、三」

あわててフルートを構え、ギターに合わせて吹く。今度は最初からテンポが合わない。呼吸が乱れているせいで先走ってしまうのだ。すると今度は闇の中から何かが飛んでくる。それは僕の顔の左側を猛スピードで通過し、少し遅れて耳に激痛が走る。再び僕はうずくまる。手で触れてみたら、耳がなくなって血まみれになっている。僕は恐怖のあまりわけのわからない叫び声をあげる。いったいどうなっているんだ。いったいここには何がいるんだ。

「またどうかした？」

その冷ややかな声で我に返り、耳をさすってみる。元に戻っていた。

この奇妙な幻術は、Kの仕業なのか。Kはこの闇の向こうでどんな姿をしているのか。黄泉の国でイザナギが発見したイザナミは腐敗し、おぞましい神々に取り囲まれていたという。Kもそうなのか。耳を澄ますと、空中で何か異形のものどもがうごめいている気配がある。小型のサメのようなものが回遊している。こいつらが、音を間違えると襲い掛かってくるのか。思わずライトで照らしたいという欲求に駆られる。だが、今それをしてしまったらすべてぶち壊しだ。僕は試されている。

「ちゃんとお互いの音を聴かないとだめだよ」と、優しくKはいった。「もっと練習して、またやろうね」

恐怖で体が震えた。痛みが怖かったからではない。僕がまたその痛みに惹かれてこの闇の中へ戻ってくることがわかったからだ。

それは僕にとって唯一のリアルな感覚だったのだ。

26

仕事を休みがちになった。たまっていた有給休暇が見る間に消えた。

ひたすら家でフルートを吹いた。一日に十時間以上、ぶっ通しで吹いても平気だった。むしろ耐え難いのは、フルートを手放しているときの不安のほうだ。僕の腕は想像以上に落ちていて、Kの求める演奏水準は極めて高い。練習時間はいくらあっても足りない。近所迷惑かもしれないが、もはやそんなことを気にしている場合ではなかった。

特に注力したのは目を閉じて演奏する練習だった。何しろ本番は墨汁にもぐったような闇の中だ。譜面はもちろん、自分の指も見えない。

盲人は視覚以外の感覚が研ぎ澄まされ、しばしば健常者より高い能力を発揮するといわれる。しかし、普段から視力に頼って生活している人間の場合、見えないことの不安がほかの感覚をかえって鈍らせてしまうようだ。目を閉じて吹くと、ピッチやテンポの狂いがわからなくなる。ミスタッチも増える。何日続けてもなかなか慣れない。

疲れ果てて目を開けたとき、デスクの端に置いたKさんの裁縫セットが映った。

Kの言葉を思い出す。

――私が春琴だったら、佐助も同じ盲目になってくれたほうが嬉しいけれど。

『春琴抄』の春琴も佐助もすぐれた音楽家だった。彼らは盲目というハンディキャップを音楽の才能へ昇華させたわけだ。

視力をなくしてしまえば、僕の埋もれている才能も開花するのではないか。そんなたわいもない思いつきが、なぜか妙なリアリティをもって迫ってくる。バカバカしい。そんなことできるわけがないじゃないか。妄想に耽っている時間があれば練習したほうがいい。わかっているのに、なぜか裁縫セットのふたを開けてしまう。長さや太さの異なる七本の縫い針を子細に観察し、目を突くときの情景を想像する。子どものころ聞いた噂話では、白目の部分は意外に硬くて針で突いてもなかなか刺さらないが、瞳孔を狙えば力を入れずに奥まで突き通せるそうだ。本当だろうか。どれぐらい痛いのだろうか。血は出るのだろうか。佐助は春琴の「顔を見るな」という願いをかなえるため視力を失った。僕はそれを、痛みへの恐怖を愛が上回ったのだと解釈していたが、もしかしたら違うのかもしれない。佐助は春琴が与える痛みそのものを愛していたのかもしれない。佐助は稽古中にミスをすると春琴に血が出るまで打たれたという。彼はそれを我慢していたわけではなかった。それなら僕は？

馬鹿な。何を考えているんだ。

僕は我に返り、裁縫セットのふたを閉じた。エアコンが効いているにもかかわらず、Tシャツが汗だくになり、呼吸が荒くなっている。

27

寝る間を惜しんで練習しただけあり、フルートの腕前は上達してきた。たぶん全盛期をも超えているだろう。

Kとの二重奏もだんだんうまくいくようになった。ミスをするたびに、指や耳、その他さまざまな箇所が奇妙な魚のようなものに食いちぎられる。そのたびに死んだほうがマシだと思えるほどの痛みを伴って。だが、その圧倒的な痛みと背中合わせでフルートをプレイするのは、ゾクゾクするほど魅惑的な冒険だった。

とりわけ、困難な箇所で呼吸がぴったり一致したときの快感は強烈だ。ある一瞬に、同時に互いが望む音を発するということ。ただそれだけのことが、爆発的な歓喜をもたらす。楽器をたしなむ人にとっては日常的な体験だが、よく考えるとその一致は奇跡に近い。

その理由を、僕は考えてみる。僕らはふだん、耳には聴こえないそれぞれの「音楽」——たとえば思考や感情、体の動きだってそうかもしれない——を奏でながら生活している。ジャンルもテンポも全然違う「音楽」が同時に鳴っているのだから、世の中が騒がしくて、不協和音に満ちているのは当たり前だ。けれど、ときどき、偶然自分と似た音を奏でる人がいる。出会った瞬間、世界中のノイズが消え、信じられないような美しいコードが鳴り響く。僕らが音楽を奏でたり聴いたりするのは、そういう瞬間にもう一度触れたいからではないだろうか？

バッハのシチリアーノがついに完成したとき、Kと僕は闇の中でしっかりと抱き合っていた。彼女をちゃんと抱きしめたのはいったいいつ以来だろう？　僕はそのぬくもりがもたらす感動に驚嘆した。バッハの音楽のように完璧な抱擁だった。隣り合ったパズルのピースのように二つの旋律が隙間なく重なり合い、小さな宇宙が一つ生まれる。僕はもう一歩先へ進みたいと思う。しかし、Kの唇を探ろうとした瞬間、再び彼女は闇の中へ溶け去ってしまう。そして僕を戒めるように、粛然と命じた。

「次はピアソラを吹いて」

その声が僕を現実に引き戻す。思い出した。かつてカラオケボックスで熱心に練習していたころも、この流れだった。端正なバッハが終わり、奔放なピアソラが始まる。コンサートだったらずいぶん変てこなプログラムだが、僕らにとってはこれが自然だ。しかし、ピアソラはまだ練習していない。

「そう、わかったわ」とKはいった。「じゃあ、明日、またね」

28

明日、またね。さらりと彼女はいったけれど、その言葉は恐ろしい呪縛だった。明日までに必ずピアソラを一曲仕上げなければならないということだからだ。

夜が明けるまでフルートを吹いた。腕がまるでバーベルでも抱えているように重たくなった。何度もフルートを放り出したくなったが、強力な磁力で接着されたかのように、どうしても手放すことができない。楽器に呪われているような感じだった。

昼過ぎ、さすがに疲れ果てて、一度休んだ。調理の時間が惜しいので、戸棚に残っていたカロリーメイトを食べ、インスタントコーヒーを飲んだ。横になりたかったが、我慢した。一度眠ってしまったら、二度と起きることができないだろう。

立ち上がって歯を磨き、練習を再開する。眠気は薄れていた。いいぞ。そのまま音楽に集中しろ。時間がない。メトロノームは正確なリズムを刻み続けているが、時計の針がだんだん早く回り出す。わずか一拍の六連符にスラーをつける練習を繰り返しているうちに、気がつくと一時間過ぎていたりする。

楽な作業ではないが、特に苦痛だとも思わない。楽器の演奏技術は、基本的に反復練習でしか上達しないものだからだ。練習とはつまり、音を体に刻みつけることだ。ちょうどレコード盤に溝を彫り込んでいくみたいに。どんなに美しい音も、巨大な音も、つかの間空気を震わせて永遠に消滅してしまう。しかし、一度体に刻みつけられた音は、体が滅びるまで残る。レコード盤の溝を針がたどるたびに、何度でも音楽は始まる。もし針が折れてしまい、二度と音楽が再生できなくなったとしても、溝が残っている限り、そこに音楽はある。たとえ僕がそれを忘れてしまったとしても、そこにあるのだ。

僕の冒険はたぶん、終着点にたどり着きつつある。自宅の地下に下りるだけの、小さな冒険。旅の終わりに何が見えるのか、まだよくわからない。

29

「待ってたよ」

相変わらず、音の響き方は奇妙だ。Kの声はどこから届くのかわからない。まるで神のように遍在する彼女――そんなイメージを僕は想像し、少しだけ微笑む。それなら、それでもいい。僕にはフルートがある。音楽で闇を照らすことはできないが、目に見えない五線譜と音符でできた網は、かたちのないものを捕まえることもできるだろう。

「何を吹いてくれるの?」

「『ナイトクラブ1960』」

「あなたの十八番ね」

「君の十八番でもある」と僕はいった。「いくよ」

闇のかなたから、ギターの伴奏が鳴り渡る。譜面の冒頭に書かれたDeciso《決然と》という指示にふさわしい、美しいエンジンのように低く唸るグリッサンド。それに合わせて僕はリズミカルなフレーズを鳴らす。思ったより少し速い。ギターが煽っているのだ。冷静なKにしては珍しい。いや、そうでもないか。こういう情熱的な曲のとき走りがちになるのは、Kの癖だった。カーチェイスみたいに、激しく互いに応酬する十六分音符のパッセージ。考える余裕などない。頭が真っ白になり、指と舌と唇とが自動的に動く。まるで僕から独立した頭のいい生き物のように。そうなるように仕込んだのだ。

アレグロのパートが一段落すると、打って変わって憂鬱なレントへ。息をたっぷりと吸い、静かに祈りを捧げるようなメロディを歌い上げていくうちに、目に見えない無数のサメたちに取り囲まれているのを感じる。彼らは僕のミスをじっと待ち構えている。だが演奏は完璧だ。

これなら僕に牙をむくわけにはいくまい。

サメたちをかきわけて、何かが近づいてくる。Kだ。

背後から僕を抱きしめてくれる。小さいけれど形のきれいな乳房が、背中に押しつけられているのがわかる。夏の闇の中で、僕らの体は温かく湿り、溶けあおうとしている。そして僕の体を這う、ほそい指先。その手は、いったいいくつあるのかわからない。無数の指が、てのひらが、同時に僕の体のあらゆる場所を愛撫する。Kはいったい何人いるのだろう。それとも千手観音のような姿をしているのだろうか。僕は闇に目を凝らす。しかしKの手は、僕の浅はかな目論見に気づいたように、何も見えやしない僕の両目をそっとふさぐ。

エロティックな指先の感覚に、思わずみだらな声が漏れそうになる。でも音楽は終わっていない。止めるわけにはいかない。最後の一音が静寂に消えるまで。祝祭に失敗は許されないのだ。再びテンポが速くなる。叫び声の代わりに、僕はフルートに熱い息を叩きつける。何かに追われるように切迫したシンコペーションのリズム。輝きを感じる。闇を照らす何かがある、のではない。闇そのものが輝きを放とうとしている。僕は塞がれた目でそれを見ようとする。光は近い。

だが、それが見えるよりわずかに早く、音楽は終わる。

30

照明を消して、カーテンをぴったり閉めていても、隙間から青白い光が部屋に潜り込んでくる。朝が近づいていることがわかる。今の僕には、それがうとましい。手にしていたフルートをいったんデスクに置き、一息つく。

人はなぜ、夜明けを希望のメタファーとして語りたがるのだろう。「明けない夜はない」などといったように。鬱病の患者はしばしば、明け方に自殺する。鉄道の人身事故が多いのも朝だ。夜が永遠に明けなければいい。誰もが本当はそう願っているのではないのか。

今、僕もそう思う。僕のステージは光の射さない地下室なのだ。この体を極限まで闇になじませたい。深海魚への進化。そうすれば地下室へ下りたとき、Kと対等に対峙できる。

世界から光を駆逐することはできないが、僕の体から光を奪うことならできる。たった一本の針があれば十分だ。その可能性が、また僕を誘惑する。この苛立ちを、思い切って串刺しにしてしまいたい。

でも、今はまだそのときじゃない。譜面を読むために目は必要だ。Kのリクエストが尽きる日まで失うわけにはいかない。

また明日ね、とKはいった。次の課題は『タンゴの歴史』全曲だ。フルートとギターのために書かれた、ピアソラ畢生《ひっせい》の大規模な組曲。もう夜が明ける。時間がない。今日も眠ることができないだろう。

時折、フルートを吹きながら眠りに落ちる。短い夢の中で僕は誰かを追いかけている。風を切るように緑の中を疾走する。僕の脚はごわごわした茶色い毛に覆われた獣の脚だ。二つに割れた硬いひづめが、リズミカルに土を蹴る。僕は見事に勃起したペニスを風にさらして、水に濡れて輝くニンフを追う。長い髪に覆われた彼女の顔は見えない。ただつややかに震えるお尻を目がけて。逃げきれるものか。今の僕は誰よりも速い。風のように、光のように。けれど人を超えた速さは危険をもたらす。小さな石ころに蹴つまずいただけで、二足走行の獣は容易に、致命的にバランスを崩す。千尋《せんじん》の谷底へ顔面からダイブ。思わず目を閉じる。するとまぶたの裏に映ったのはひどく傾いた僕の部屋だ。みるみる床が近づいてきて、顔を叩きつける。手に抱えたフルートをかばうようにして、僕は床の上に転倒していた。

31

「ケガしたの？」

とKが訊いた。

「どうしてわかる？」

「血のにおいがする」

「鼻がいいんだね。犬みたいだ」

「ここにいると自然にそうなるよ」

「進化するんだね」

彼女は僕の頬にできた傷を舐める。温かく濡れた、意外にぽってりとした舌が頬を這う。昼間転んだときにできた擦り傷が、最初ひりひりと痛み、それから唾液に癒され感覚がゆるんでいく。僕がそっと手を上げて触れようとすると、舌はどこかへ消えた。僕の指は濡れた傷をむなしくなでる。

「どうして逃げる?」

「まだダメ」

「宿題を片付けるのが先ってわけだ」

「その通り」とKはいった。「タンゴを吹いて」

そして僕らは『タンゴの歴史』を奏でる。伝統的なアルゼンチンのタンゴ愛好者たちがピアソラを毛嫌いした理由は、僕にもよくわかる。ピアソラのタンゴでは踊れないからだ。変則的なリズム、攻撃的な不協和音、予定調和を嫌うトリッキーな展開——そうした実験的な要素は、ダンスホールには不向きだ。もちろんピアソラはそのことを知っていた。ダンスの伴奏として生まれたタンゴをダンスから切り離し、音楽だけで成立させるという荒業を、彼はあえてやってのけた異端であった。

しかし――と、僕はいま思う。タンゴというのはそれでもなお、ダンスミュージックなのだと。確かにダンサーたちは踊らない。でも、楽器を奏でる僕らの心は、ピアソラの音楽に合わせて意識と無関係に躍動する。僕とKは、音を介して複雑なステップを踏み、ダンスをしているのだ。目に見える世界の向こう側で。

難曲だけに、ノーミスで吹くのは難しい。何度か音がひずみ、ひやりとする。そのたびに、腕を、頬を、何かが切りつけていく。サメたちが僕の命を狙っている。だが、まだかすり傷だ。フルートを取り落とすほどの致命傷にはならない。ギリギリの反射神経で、踊るようにそれを避ける。

やがて闇の向こうで、無数の小さないきものたちがうごめき始める。まるでこの闇そのものが躍っているようだ。閉ざされた地下室で、吹くはずのない風がピアソラのビートを歌い出す。それを合図として、濡れた異形のものたちがピョンピョン飛び跳ねながら僕のもとへ殺到してくる。まるでミニチュアの津波が押し寄せてくるよう。その奇妙な生物のすべてが、信じがたいことにKなのだ。彼女はもはや人ではない。しかし、ちっとも怖くはない。どうせ見えはしないのだ。かくいう僕だって、今どんな姿をしているのかなんて知れたものじゃない。温かく濡れたものが、僕の頬に飛びついてくる。Kの舌だ。獲物に吸いつく蛭のように張りつき、傷口を舐める。舌は無限に増殖しつつ、僕の反対側の頬を、鼻を、額を、耳を這う。瞬く間に顔じゅうをＫの無数の舌が覆い尽くし、やがてゆっくりと僕の全身を温かい唾液で浸していく。衣服の内側から肌を占領し、足のつま先まで隈なく這いまわり、くすぐる。もちろん直立不動のペニスも例外じゃない。何枚もの小さい舌が重なり合ってそれを包み込み、タンゴのリズムで躍動する。しびれるような快感が脊椎を貫き、僕は思わず体をくねらせる。官能的なダンスのステップを踏むみたいに。最も優れたダンスとは、完全なる前戯として機能するダンスだ。昔観た映画でそんな台詞があったのを思い出す。Ｋがギターを叩くのに合わせて、僕も足を踏み鳴らす。Ｋが微笑み、闇が微笑む。僕の陽気な足音に誘われたのか、また別のなにかが地面を這ってくる。今度は何だ。何でもくるがいい。ひんやりとした感触が足首に絡みつく。ぐるぐるとらせんを描きながら足を這いあがってくる。蛇だ。どちらかというと爬虫類は苦手なほうだけれど、これが君だとわかっていれば問題ない。そういえば君はいつかテレビで蛇の交尾を見て感心していたっけ、複雑に絡みあったまま何日間も過ごし、人が無理やり引きはがそうとするとちぎれて死ぬ、そんな話だった、もしかして君も今からそうするつもりなのか。蛇になった君は腕のいい看護師が包帯を巻くみたいに無駄なく僕の両脚を巻き尽くし、ペニスを悲しいほどあっけなく巻き終え、腰、胸と順に上がってくる、次は腕だ、むき出しの肌に冷たくざらりとした鱗を感じたかと思うと瞬く間に指先まで達し次はフルートへと乗り移る、もちろんそうしている間も君は足首までしっかり巻き付いたままだ、なんて長い蛇なんだ、君をたどっていくとこの世の果てに到達できるんじゃないだろうか、やがて君は意外な行動に出る、その細くとがった頭をフルートの先に差し込んだのだ、闇の中のいっそう深い闇の詰まった管の中を君はくぐり抜け、歌口《うたぐち》から僕の口の中へ入り込んでくる、これは何か月ぶりのディープキスだろう、いやキスどころじゃない、君は僕の内部へと侵入する、ベルギー・チョコレート製の胃カメラさながら、甘くとろけながら内臓へと沈み込んでいく、メス蛇は交尾が終わるとオスを食うともいうが、これは逆なんだろうか、君と僕のどちらが食い、食われているんだろうか、体の外部と内部の両側から冷たい鱗の感触が押しつけられてくる、その冷気に体温を奪われまいとして体が熱くなる、まるで血管の中をマグマが走るかのように、僕は君に抱きしめられている、体がちぎれそうなほど強く、それとも抱きしめているのは僕のほうなのか、どうも僕はさっきから矛盾したことばかりいっている気がする、でもかまうものか、ここでは誰にもつじつま合わせなんかする必要はないんだ、白黒つけようにも最初から色なんてありやしないんだから、ああ気がつけば音楽は残り四小節だ、すでにフォルテッシモであるにもかかわらず要求されたさらなるクレッシェンド、最後の三小節はフルートとギターとの完全な同一音《ユニゾン》による下降音階、まるでスピン落下する戦闘機のようにひといきで低音域まで落ち切った後、爆死するようなグリッサンド・スフォルツァンド。

僕は射精した。

32

倒れる、と思った。張りつめていた心が解放されたのと同時に、全身の筋力がいっせいに弛緩する。さっきまで風のように軽かったフルートが、一瞬にしてとてつもなく重い金属片に変わる。まるで重力が異なる巨大な惑星にきたみたいだ。恐ろしく疲れた。やっと眠れるんだ。思えばこの数日ろくに寝ていない。今なら温かい泥の中で眠るミミズみたいに、夢も見ず死のような眠りを眠れるだろう。

なのに僕はまだ立ち尽くしている。フルートを模範通りの角度で唇の前に構えたままで。とても奇妙だ。立っているという意識はない。体に全く力が入らない。天井から透明な糸で吊られ、空中でポーズをとっているマリオネットになったような気分だ。

「まだ眠っちゃダメだよ、ハジメ君」とKがいう。「お祭りはこれからなんだから」

お祭り。祭囃子に似たフルートの音色。

そうだった、僕は女神を引っ張り出すため地下に乗り込んできたのだ。まだ任務を遂げたわけじゃない。しかしこの展開は正しいんだろうか。僕は思いあがったミイラとりに過ぎないんじゃないのか。

僕が倒れない理由がわかった。蛇と化したKが僕の全身に固く絡みつき、強固なギプスとなって僕を支えているのだ。

「次は『ブエノスアイレスの四季』ね」

「残念だけど、まだ練習してないんだ」僕は首を振った。「それに、あの曲は難しすぎる。あと二、三日くれたら、なんとか音がとれると思うけど」

『ブエノスアイレスの四季』は、その名の通り春夏秋冬の四曲から成る組曲で、アストル・ピアソラの最高傑作といわれる作品だ。もともとピアソラが自身の率いるバンドのために書いた曲だから、それをフルートとギターの二人で演奏するには、かなり高度なテクニックを要する。過去にもこの曲を完全に演奏できた記憶はない。

「大丈夫だよ」とKは少女のような無邪気な声でいう。「出会ったばかりのころ、何回も一緒に吹いてくれたじゃない、カラオケボックスで、夜が明けるまで」

「昔の話だ」

「たった五年前の話だよ」

「五年もあれば人は変わるさ」

「どう変わったの?」

いわれてみると、よくわからなかった。五年長く生きた分だけ僕はマシな人間になったのだろうか。たぶんそうでもない。

「確かに、ほとんど変わってないのかもしれない。でも、少なくとも五年分、お互いのことを知った。個人としてのおれたちは変化しなくても、関係性は変化するだろう」

「本当に？　人は誰かのことを知れるの？　その人になれるわけでもないのに」

「もちろん直接知ることはできない。でも、言葉や行動から推し量ることはできるし、情報が増えるほどその精度は高まる。ポーカーの捨て札を見て相手のカードを推理するみたいに」

「情報が増えるのと、何かを理解するのは別のことだよ。相反することでさえあるかもしれない」

「それでも、知ることは知らないことよりマシだ」

「すべてを知っているのは、何も知らないのと同じことだよ」

「まるで禅問答だね。それでも知りたがるのが人の本能じゃないか。だからこそ人類は長い時間をかけて世界のすべてに名前をつけることができた。それは世界を作り上げることでもあった」

「私はそうは思わない。私たちがしてきたことは、世界を作り上げることではなく、言葉で切り刻むことだけだったんじゃないのかな。ハジメ君が私という人間を組み立てようとして、逆に分解してしまったように」

分解？　この女はいったい何をいっているんだろうか。

「ねえ、プラナリアって知ってる？」

「……切り刻んでも再生する、蛭みたいな生物？」

「そう。ある実験によると、百等分に切り刻んでもそれぞれの破片が再生して、百匹に増殖したらしいよ」

「それはすごいね。でも、それはあくまで下等生物の話だろう?」

「そうかしら?」

無数のKの声が、全方位からざわめくように響く。

「ほら、ここにも」

「ここにも」

「ここにも」

「ここにも」

「ここにも」

「ここにも私はいるよ」

「疑って悪かったよ」僕は肩をすくめる。「君は嘘をつかない。その点は昔から少しも変わってないな。でも、君が語っているのは、やっぱり一種の比喩に過ぎないよ。たとえ何体に分裂しても、増殖しても、少なくともおれにとっての君は一人しかいない。それが重要なんだ」

寄席みたいな笑い声がどっと起こる。もちろん声はすべてKだ。

「あなたのいっていることは間違っている」無数のKが同時に断言した。「ハジメくんにとっての私は、一人にさえなれなかったじゃない。せいぜい〇・七人ってところかな。なぜなら……」

「おれが君の顔を忘れてしまったから、か」と僕はいった。「君は知ってたんだな」

「もちろん」今度のKは一人だ。ささやくようにいう。「明るい場所から暗闇の中は見えないけど、その逆はよく見えるものだからね」

「確かにその通りだ。だからこそ、僕はこの暗闇まで下りてきた。君に会うために。君を思い出すために。竪琴を持ったオルフェウスみたいに。君はそれを待っていたんだろう」

「オルフェウスがエウリュディケと再会したとき、何が起こったかは知っているでしょ。それでも私を見たいの?」

「見たいな」

「きっと後悔するよ」

「そんなことはない」

「本当に?」

僕は黙ってうなずく。Kには見えていると信じて。

「考えてみるわ」とKはいった。「ただし、音楽が終わったあとにね」

「いいよ。吹けるかどうかわからないけど、できるだけやってみよう。曲順は?」

「もちろん、『春』からよ」

OK、と僕はいった。

『ブエノスアイレスの春』。冒頭からバッハのフーガを思わせる対位法を駆使したトリッキーな楽曲だが、信じられないほど僕らの演奏はスムーズだった。まるで夢を見ているようだ。僕らは闇の中で身を寄せ合い、手探りでピアソラの書いた大胆な譜面をたどり、音を紡ぎ出していく。危なげなくテクニカルな難所を切り抜け、目まぐるしく変化するテンポも驚異的なシンクロで合わせ、さらに軽いアドリブで互いに刺激を楽しみさえする。長年劇場に立ってきたベテランの夫婦デュオみたいに。さっき『タンゴの歴史』を吹いたときのような激情は、もうない。あまりにも自然に音楽が生まれるので、もはやフルートを演奏しているという感覚さえ薄れてくる。唇から漏れる吐息が、僕の生きているこの時間そのものが、メロディとなってあふれだす。試しにフルートを手放しても、音楽は止まらないんじゃないだろうか。そんな気さえする。Kも同じだろう。今の彼女なら弦のないギターさえ完璧に弾きこなすだろう。

次は『夏』、組曲の中でも最も激しい音楽だ。ピアソラ独特のエキセントリックなリズムパターンと、暴力的な不協和音、反復されるたびに激しさを増すどこか憂鬱な主題。この曲を聴くたびに、僕は奇妙なイメージにとらわれる。作曲者のピアソラが机に向かって無心にスコアを書いているが、一小節書き終えるたびにビリビリ音を立てて五線譜を破いてしまう。その破り捨てる音がこの『夏』である。そんなイメージだ。バッハの音楽には、書かれた音すべてに明確な意味が与えられ、音自らが新たな音を生み出し全体の完成へと近づくような構築性がある。一方、一度発された音を次の音がかき消し、自らを破壊しながら終局へ向けて疾走していくのがピアソラだ。Kがなぜバッハと同時にピアソラが好きなのか、おぼろげだがようやくわかったような気がする。完璧に作られたものは、いつか破壊されなければならない。絡み合ったつがいの蛇がいつかはほどけなくてはならないように。

周囲が静かになったのを感じる。音が小さくなったわけでもないし、音から遠ざかったわけでもない。その逆だ。近づきすぎたのだ。『秋』の中に――いや、音楽の内側に僕はいる。胎内で母親の歌声を聴いているみたいに。四季が移ろうように、時が過ぎるように音楽が流れ、僕らもその流れと共にゆく。乗客がその車の速さを見ることができないように、音楽の内部にいる者にその速さを聴くことはできない。限りなく停止しつつある時間の中にあって、ある誤解に気づく。これまで音楽は楽器や声を集めて作るものだと思っていたが、実は逆なのではないか。世界の原初から、すでにすべての音楽は満ち満ちていた。途方もなく巨大で透明な亡霊のように、それらは音もなく地上をさまよっていたのだ。楽器は、その亡霊たちを一時的に呼び止め、人の耳に聴こえる形式に変換する装置に過ぎない。すべての音楽家と聴衆は、それらをあやつる司祭であり、同時に生贄でもある。僕とKはいま、巨大な亡霊を構成する小さな一つの細胞だ。

歴史そのもののように果てしなく続くと思われた『ブエノスアイレスの四季』も、終局に近づく。何かに耐えるような厳しい表情で貫かれた『冬』の終わりには、春の訪れを予感させる優しいバロック風のコーダが置かれ、季節の円環が静かに閉じられる。

だが、音楽は終わらなかった。彼女が敷いたコードの上へ、僕は思いのままメロディを走らせる。四つの季節が燃え尽きたそのあとの、見知らぬ季節の中へ足を踏み出す。タンゴなのか、バロックなのか、ジャズなのか、そんなことはもうどうでもいい。即興演奏？　そんな気の利いたものじゃない、僕にはそんな才能も技術もない。誰かが僕の底から勝手に音を引き出して鳴らしている。その誰かはKのようでもあるし、その背後にいる何かのようでもある。僕の意志は全面的に無視される。思考や感情も消えつつある。我思わぬ、ゆえに我なし。僕らはどこにもたどりつかないだろう。どんな場所も目指していないからだ。でも、それでいい。共に歩き続けることそのものが、すでにゴールなのではないか。

そうだろう、K？

返事はなかった。

33

気がつくと、音楽が消えていた。音楽だけじゃない。一切の音が聴こえない。信じられないほど完全な静けさだ。

世界を満たす大気が真空となり、風を失った鳥は墜落する。

床に倒れ込んでいた。とっくに限界を超えていたのだ。蛇と化したKがかろうじて僕を立たせ、フルートを吹かせていたが、今は支える者もない。彼女は僕を見捨てたのか。それとも僕と同じく力尽きたのか。僕は何日間ここにいたのか。なんだか何十年もの間、光を見ずに生きていた気がする。最後に地上にいたのは、いったいいつのことだったのだろうか。役所に勤めていたころのことが、前世の出来事のように思える。

K、まだそこにいるのか?

問いかけようとしたが、声が出せない。声のみならず、あらゆる音、一生分の音を、出し尽くしてしまったようだ。電波を受信することはかろうじてできるけれど音は出ない、壊れたラジオみたいに。

遠くから声が聴こえてくる。歌のようだ。歌詞はおろか、メロディもはっきりとは聴きとれない。偶然受信した外国のラジオ放送みたいに、音は途切れとぎれ、ノイズにひずみながら届く。いったいどこの国の音楽だろうか。なんとなく、悲しい歌であるように思える。耳を澄ますために目を閉じてみたが、闇の色は変わらない。すでに閉じていたのかもしれない。聴覚をチューニングし、歌声を確実にキャッチできる周波数を探す。音に対する感度が研ぎ澄まされていく。空中を舞う塵のこすれ合う音まで聴こえてきそうなほどに。だんだん歌声がクリアになってくる。もうすぐ聴きとれそうだ。だが、奇妙なことに突然凄まじい恐怖がこみ上げてくる。トンネルに入ったときのように鼓膜が痛い。「聴くな」と誰かが耳を塞ごうとしている。

ある濃密な予感が訪れる。僕は何かを思い出そうとしているのだ。かつて見まいとしたもの、聴くまいとしたもの。闇の中へ封じ込めたもの。それが、再び現れようとしている。僕はそれを恐れている。開けてはならぬパンドラの箱のように。だが、結局のところ、見たいという欲望が恐怖を上回る。僕の耳は、歌へとたどり着く。

それは歌ではなかった。叫びだった。引き裂かれるような女の叫び。だが、その意味は曖昧だ。歓喜の叫びにも聴こえるし、助けを求める悲鳴のようでもある。

一つだけ確かなことがある。それは、Kの声だった。

34

音楽と踊りの時代は、とっくの昔に終わっていたのだ。闇のかなたに存在するのは暴力的な何かだ。そしてそれは、たぶん僕のよく知っているものだ。めまいを伴うほどの強烈な既視感がある。これは現在なのだろうか、それとも僕の忘れようとした過去なのだろうか。

壁に手を添えながら、ゆっくりと立ち上がる。体はひどく重く、節々が痛む。油の切れた古いロボットのように、僕はKに近づく。

闇の中で、Kは誰かと格闘している。相手は男だ。言葉にできない怒りと悲しみが体を熱くする。戦わなければならない。だが、疲れ切った今の僕が、彼に勝てるのだろうか。何か武器はないのか。

息を殺して進んでいくと、つま先に何かが触れる。ギターのようだ。素手で暴漢と格闘するよりはマシだろう。ネックを握り、音が出ないよう静かに持ち上げる。けっこう重たい。案外いい武器になりそうだ。

Kと男は、もう足元にいる。男はたぶん僕が近づいていることを知らない。僕はギターを構えたままためらう。いきなりギターを振り下ろすと、Kを巻き添えにするかもしれない。するとKは、僕がここにいることを知ってだろうか、はっきりと「ハジメ君」と呼んだ。

僕はポケットから懐中電灯を取り出し、スイッチを押した。

35

何も見えなかった。

暗闇に慣れた目に、その人工的な光は明るすぎたのだ。太陽を直接見てしまったときのように視界が白一色になり、鋭い痛みが両目を切り裂く。

Kと男の声は消えた。二人は息を呑んでこちらを見上げているようだ。

涙でにじんだ視界が、やがて像を結び始める。光を消したい、あるいは目を閉じたいという強い衝動に駆られる。ひどく目が痛むし、そこにある情景を見るのが恐ろしいからだ。だが、もう遅い。僕はついに見てしまう。

男は火野だった。火野はＫに覆いかぶさったかっこうのまま、僕を見上げている。そしてその陰にいるＫと目が合った。その悲しげなまなざしには、確かに見覚えがあった。

僕は目をそむけたくなる。かつて同じものを見たときそうしたように。

あれはいったいいつのことだったのだろう。なぜＫは裏切ったのだろう。

いや、そんなことは実のところどうだっていいのだ。重要なのは、僕がなぜこのことを見なかったことにし、忘れてしまったのかだ。その日、僕はこの場面を見て何をしたのか。過去と似た状況が記憶を呼び覚ます。ということは、今あるこの気持ちは、あのときと同じものなのだろうか。目がくらむほどの殺意。記憶の彼方に追いやられていた濃密な血のにおいが、再び鼻先によみがえってくる。だが、僕は誰を殺したいのか。火野か、Ｋか、それとも僕自身か？

Ｋはまだ僕を見ている。今度こそ目を背けてはいけない。たとえ目を背けたとしても、完全に忘れることなどできやしないのだ。なぜなら彼女はすでに僕の一部なのだから。それが失われれば僕が僕でいられなくなるほどの、とても深い場所で。

いやいやいや、違うんすよ。火野が何かいっている。三川さんが連絡もせずに全然役所にこなくなっちゃったから課長が心配しておれにちょっと様子を見てこいって、それできてみたら誰も出てこなくって、でも玄関は開いてたんでつい上がっちゃって、家の中に誰もいなくって変だなあと思ってもしかしたら地下室にいんのかなあと思って、いや、人んちを勝手に歩き回るのはもちろんよくないんすけどけっこう非常事態じゃないすかこれって、三川さんが何かピンチなことになってたらやばいなと思って見にきたら、真っ暗で何にも見えなくって、手探りで歩いてたらなんかKさんにつまずいて倒れちゃって、気がついたらこんな感じになって。

火野の弁明は途中だったが、僕はライトを消した。別に怒りを覚えたわけではない。単に、この男の話などどうでもいいと思ったからだ。火野の話を聞いていると、久しぶりに現実感が薄れるのに気づいた。世の中には、どうでもよくないことはほんの少ししかないのだ。

その、ほんの少しのことのために、僕はギターを振り下ろした。

36

今、どこに向かってる?

訊いてみるが、運転席のKは黙ったままだ。いつものように猫背になって前方を見つめ、律儀に両手でハンドルを握っているのだろう。だろう、と推測するしかないのは、僕の目にはアイマスクがつけられているからだ。

僕らは車で移動している。後部座席に血まみれの火野を乗せて。

あの後、Kの行動は迅速だった。虚脱している僕にアイマスクをつけると、あなたは頭を持って、私は足を持つからと冷静に指示した。火野をどうやって車に積み込んだのか、夢中だったせいかあまり覚えていない。よく一階まで持ち上げることができたものだと思う。

車はどの辺りを走っているのだろう。Kの運転は昔から非常に慎重で、制限速度を一キロたりとも超えたところを見たことがない。揺れがほとんど感じられない上、視界を覆われているおかげで、ぼんやりしているとどこにも向かっていないように思えてくる。それどころか、まだあの地下室の闇の中にいるかのような気さえする。その錯覚は、なぜか僕を安心させる。

これ、外していい？　アイマスクに手をかけながら訊くと、今度は「ダメ」と返事がかえってきた。

「なんで？」

「恥ずかしいから」

僕は笑ってしまう。大変な事態になっているはずなのに、なぜか全然緊張感がない。それどころか僕らはいつになくリラックスしていて、まるで何事もなかったみたいだ。いつの間にか、このまま出会ったころにタイムスリップして、平凡だけれど穏やかな日常が始まりそうに思えてくる。

「もうワンシーズン君の顔を見てないんだ。そろそろ見せてくれてもいいだろ」

「嘘ばっかり。さっき見たでしょ。懐中電灯で照らしたとき、目が合ったもの」

「ちらっとしか見えなかったよ。あいつが邪魔でさ。ほんとに最後まで迷惑な奴だった」

「別に苦労して見るほどの価値がある顔じゃないよ。あなたもそう思ったでしょ」

「そんなこともないさ」

「妹と私の区別もつかないくせに?」

「つくよ。この間Kさんと会って、双子でも案外似てないんだな、と思った」

するとKはいつもとまったく違う声で大笑いをした。あでやかで、あけすけで、誘うような独特の笑い方。僕は苦笑する。

「なんだ。やっぱり、あれは君だったのか」

「やっぱりって?」

「なんか変だと思ったんだ。大雨なのに、玄関にあった赤いハイヒールには泥ひとつついてなかった」

「ふふ。後出しだけど、悪くない推理だね。もう一つヒントを出してたんだよ」

「『コジ・ファン・トゥッテ』だな」

あの変てこなドタバタ喜劇。変装して誘惑を試みる男たちに女たちはあっけなくだまされ、侍女も目まぐるしい変装で主人をあざむく。変装なんてあんなにうまくいくものかとあのオペラを見るたびバカにしていたけれど、まさか僕がそのカモになるとは。

「あのとき気づいてくれたら、地下室から出てこようと思ってたんだけどね」

「小さいころ、押し入れに入ったという話は本当だったの?」

「本当だよ」

「どうしてそんなことしたの?」

「私がこの世からいなくなったあと、家が、世の中が、どう変化するのか確かめたかった。私がいなくなった後にできた空白を見れば、私がどんなかたちをしているのかわかると思ったのね。もちろん、うまくいかなかったけど」

そんなひねくれたことをしなくても、普通に生きていれば自分がどんな人間かぐらいわかるじゃないか。そういおうとして、言葉を飲み込む。そうでもないということを、僕も知っている。

「実験かな」

実験？

地下室に潜ったのも、子どものころと同じ「実験」だったのだろうか——「自分がいなくなった後にできた空白」をとらえるための？

いや、僕は大きな勘違いをしているのかもしれない。

突然、あまりにも異常な、しかし不思議に説得力のある仮説が頭に浮かぶ。

Kがおこなったのが実験などではなく、本番だったとしたら？

僕は恐る恐る、口を開く。

「あと一つだけ訊いていいかな？」

「どうぞ」

「君はもう死んでるんじゃないのか？」思い切って訊いた。「そして、君を殺したのはおれだ」

なぜ今まで気がつかなかったのだろう。何度となく自分を冥府へ下りたオルフェウスに重ねていたというのに。地下にあったのは本物の冥府だった。そしてずっと体に残っていた理由のよくわからない殺意と、重苦しい罪の意識。僕が殺したのは、妻だったのではないのか。そう考えると、すべての辻褄が合う。

「面白い仮説だね」とKは冷静に答える。「でも、だとしたら今車を運転しているのは誰なのかしら?」

「君はギターを弾きながら僕を抱いた。何が起こっても不思議じゃない」

「残念だけど、ここはもうあの地下室ではないんだよ。あの場所にはもう戻れない」

「でも」と僕は食い下がる。「記憶が残ってるんだよ。誰かを殺した感触と、血の匂いが」

「いつ、どこで?」

それは。——思い出せない。僕は失われた記憶をとり戻したはずではなかったのか。いったいどれぐらいの過去が、未だ暗闇の中にとり残されているのか。僕の記憶は、回復しようがないところまで蝕まれているのか。シートがゆっくり溶け出し、体が地の底へ沈みこんでいく。

いや、まだ救いはある。K。記憶する女。君はすべてを覚えているはずだ。知っているはずだ。僕らの過去という答えを。そうだろう?

しかしKは寂しげに首を振る——その気配を僕は感じとる。

「過去はどこにも存在しないし、無限に分岐して存在するともいえる。未来がそうであるのと同じようにね」まるで辞書に書かれた定義を読み上げるような調子で、Kはいった。「だから、私たちは過去を共有することはもちろん、所有することさえできないの。それぞれの脳の中に、不確かな記憶が生まれては消えていくだけ。ハジメ君が私を殺したことと、私が生きていることは、必ずしも矛盾しない。それはどちらも実際に起こったことなのかもしれない。それぞれの過去において」

異様な論理だが、Kの口から出るとなぜか完璧な合理性を帯びて響く。消滅する過去。無限に分岐する過去。いつか目にした無数の雨の糸が、ふと眼底をよぎる。だが、それを認めるとしたら——。

「なんとなくわかるよ。でも、君のいう通りだとしたら、おれたちが一緒に過ごした五年間はなかったことになってしまう」

「それでもいいんじゃないかしら。なかったとしても、あったとしても。無意味だったとしても、意味があったとしても。それは全部、私たちが今決めればいいことなんじゃない？」

今決めればいい。その言葉はとてつもなく巨大な鋏のように、僕に絡みついていた過去と未来を容赦なく断ち切ってしまう。シートも車も地面も消え、世界から切り離された僕は黒い虚空を漂う。すごく不安だ。しかし同時に、不思議なすがすがしさに満たされている。

もしこれが推理小説だったら、決して許されない結論だろう。しかし、これは小説なんかじゃなく、僕自身の人生なのだ。僕は主人公であると同時に、語り手であり、読み手でもある。

決めるのは今であり、僕だ。

すべてを合理的に説明することが、できないわけじゃない。しかし、どれだけ完全に組み立てられた現実よりも、僕を動かした理由のわからない血なまぐさい感情や、地下室を満たしていたあの不思議な音楽のほうが、僕にとっては遥かにリアルなのだ。

結局のところ、肝心なことは何一つわかっちゃいない。僕らの結婚とは何だったのか。互いに何を求め、何を手に入れ、何を失ったのか。でも、そんなもの、誰にもわかるわけがないのかもしれない。オルフェウスやイザナギだってそうだろう。正解のない問いなんて、きっと世の中にはたくさんある。それでも答えを探さずにいられないような問いが。

そう思うと気が楽になってきた。この数か月の冒険は、たぶん無意味ではなかった。これから向かう先が、たとえハッピーエンドじゃなかったとしても。悔いはないとまではいい切れないが、まあ仕方ない、というぐらいには思える。安堵のためか、急に眠気を感じ始めたとき、Kが再び口を開いた。

「それで、答えは見つかったの？」

「いや」僕は力なく首を振る。眠いのだ。「でも、もういいんだ」

「私の個人的な意見をいっていい？」

「もちろん」

「安心して。ハジメ君には私を殺すことなんてできないと思う。優しすぎるからね」

優しすぎる。いつだったか、同じことをいわれた気がする。褒められているのかどうかはよくわからないけれど。

その言葉についてぼんやり考えていると、Kが唐突に「ありがとう」とささやいた。

「何のこと?」

「さっきの、いい音だった」

「君のスパルタレッスンのおかげだよ。何度も死ぬかと思った」

「でも、ああいうのも悪くなかったでしょ?」

僕は苦笑した。

「まあね。君にサディストの素質があるとは意外な発見だった」

「お互いさまでしょ」

「あれだけ必死にフルートの練習したのはほんとに久々だったよ」

「フルートもよかったけど、ギターはもっとよかった」

「ギターを弾いたのは君じゃないか」

「あのギターを最後に演奏したのはハジメ君だよ」

「え?」理解するのに少し時間がかかる。「ああ、あれか。悪かったな。壊すつもりはなかったんだけど」

「謝らないで。きっとあれでよかったんだよ。あの最後の音が、私の記憶しているすべての音の中で一番美しい音だった。まるで白鳥の歌みたいに」

ありがとう。もう一度Kはいった。僕は過去にこれほど優しいKの声を聴いたことがない。これほど残酷な声を聴いたことも。

複雑に絡みあっていた何かが、ほどけて消えた。そう感じたのと同時に、僕は深い眠りに落ちていった。

37

目を覚ましたとき、車は停まっていた。どれぐらい眠っていたのだろうか。途中から車外の雑音が聴こえなくなり、しきりと坂道や曲がりくねった道を走っていたのは覚えている。山道を通ったのだろう。火野を山中に捨てるのだろうか。

「着いたの?」

返事はない。Kの気配そのものが感じられない。目隠しされていてもなんとなくわかる。念のため運転席のほうへ手を伸ばしてみた。誰もいなかった。

シートにはまだぬくもりが残っている。さっきまで彼女はここにいたのだ。どこへいったのだろう。トイレにでもいったのだろうか。

五分ほど待ってみたが、戻ってくる様子はなかった。

僕は車から出た。湿った草を踏む音がして、土のにおいが鼻腔を満たす。風が草を揺らす音。どうやら広い草原にいるらしい。夜の虫も鳴いている。風は意外に冷たい。標高が高い土地なのだろうか。

K。

名前を呼んでみる。しかし、周りに物がないせいか音がうまく響かない。心細い。

どこからか、水の音が聴こえてくる。川があるのか。

吸い寄せられるように、そちらへ向かっていく。

川べりに立つ。音からすると、小さな流れだ。どこか懐かしい音。遠い昔に同じ音を聴いたことがあるような気がする。

K!

もう一度だけ呼ぶ。返事はない。彼女は近くにいないらしい。

ならば、もういいだろう。アイマスクを外してみたが、視界の暗さはあまり変わらない。曇っているためか、星も月もないようだ。

でも、ここがどこなのかは、見当がついた。

結婚する少し前に一度だけきた、蛍のいる沢だ。蛍の光、窓の雪。Kの勘違いで真冬に蛍を見にきた。収穫のない奇妙な小旅行。いや、違う。蛍はいなかったけど、あの夜、僕らは別の何かに照らされていた。

今は夏なのに、やはり蛍は見えない。それとも蛍のシーズンはまた少し違うのだろうか。どうも僕らはいつも間が悪い。

目を凝らしていると、わずかに川が光を反射しているのが見える。

その、あるかないかのきわどい輝きを見つめているうちに、ふと、彼女はもう二度と帰ってこないのだと思った。

急に疲労を感じた。ここにくるずっと前から、とっくに力尽きていたのだ。僕をかろうじてここまで歩かせていた何かも、今はもう消えてしまった。草の上に大の字で寝そべる。夜露に濡れた草は、あっという間に背中と尻を冷たく濡らす。心地よい眠気が、再び体を包み込んでくる。

そのとき、遠くに何かが光っているのが見えた。

赤く輝く、火星のような小さな光。空のひどく低いところにじっと留まり、ときどき何かつぶやくようにまたたく。

蛍？　いや、あんなに赤い蛍がいるだろうか。

Kだろうか。彼女が最後に、蛍に姿を変えて別れを告げにきたのか。

僕は再び立ち上がり、這うように光に向かって歩きだす。

彼女にもう一度会えたら、もうほかに何も見るものはない。僕の目は役目を終えるだろう。縫い針なら、今もポケットに入れてある。

光が近づいてくる。僕の思いに呼応するように、点滅している。

消えた。

どこだ。どこへいった?

僕が狼狽していると、小さな青い炎がぽっと現れた。

火野が煙草をくわえて突っ立っている。

「あ、三川さん」と火野はくわえ煙草のままいった。「いやあ、さっきは死ぬかと思いましたよ。いきなりぶん殴られると思わなかったからびっくりしたなあ。いてて。けっこう血が出てるんすけど、これ、大丈夫ですかねえ?　しかし、これこそまさに自業自得ってやつですよね。やあ、すいませんでした」

ライターが消え、代わりに煙草の火がまたたく。

張り詰めていたものが緩み、僕は手にしていた縫い針をその辺に放り投げた。

こんなしょうもないものが、僕の目に映る最後の光景であってたまるか。

僕にはきっとまだ見るべきものがある。それを探すために歩き続けなければならない。

背後には、青い月明りに照らされたKの古い微笑みが感じられる。とてもはっきりと、体温が感じられるほど近くに。でもそれは、振り向いた瞬間消えてしまうものだ。

「ところでここ、どこですか?　なんか寒いんすけど」

火野の声を背に、ゆっくりと歩き出す。三川さーん、と呼ぶ声が遠くなり、やがて消える。

分厚いドアが背後で閉ざされたみたいに。

月が出ればいいのになと思いながら、僕はいつまでも前を見て暗闇の中を歩いていった。

火野の優雅なる一日

1

火野の朝は遅い。今朝目を覚ましたのは午前九時だった。何かとてつもなく巨大な鈍器で頭をぶん殴られる、というひどい夢を見たのを覚えている。いや、夢ではなかったのかもしれない。まだ頭がガンガン痛む。これはどうもただ事ではない。今日は休むと上司に連絡を入れようか。とここまで考えて、頭痛の原因が病気でも怪我でもないことに気づく。昨日の合コンで飲みすぎたせいだ。

二次会のカラオケが終わった後、舞台女優をやっているという若干メンヘラ気味だがぞっとするような美女とサシでバーに飲みにいったのだ。そこまではよかったのだが、その後舞台女優がものすごい酒乱であることが判明し、酔うほどにゲラゲラ笑いながら恐ろしい過去のトラウマやこの世への呪詛を延々繰り出すので、思わず逃げようとすると今度はなぜか一緒にウイスキーをストレートでイッキしてくれないと死ぬ、などと泣き叫ぶ始末。二度トイレで吐いたのは覚えているが、最後どうやって店をこっそり抜け出し家まで帰ってきたのかはよく覚えていない。

火野はのろのろとベッドから起き出し、コーヒーをいれた。お湯を沸かしている間に、手動のコーヒーミルで丁寧に豆を挽く。二日酔いの今日は、香りがすっきりしたモカ・マタリを選んだ。どれだけひどいことが起こっていても、朝はベストなブラックコーヒーから始まらねばならない、というのが火野の信条である。たとえ今日が平日であり、勤務先であるN市役所の出勤時間がとうに過ぎているとしても、だ。どうあがいても遅刻なのだから、今さら焦っても仕方がない。

火野が遅刻するのは、いつものことだ。しかしそのことを本気でとがめる者はいない。火野がきてもどうせろくに働きはしないし、むしろ無駄話だけが異様に巧い火野がいることで職場の士気と生産性は低下するからだ。

所属する市民課では使い物にならぬこのお気楽職員の扱いに窮した挙句、彼にN市歴史資料館の館長を任せることにした。肩書はたいそうだが、N市は歴史的な事件と無縁の地味な土地だから、展示品はいたって乏しく、来館者は一日に数名いればいいほうだ。つまり、典型的な窓際仕事。歴史資料館にはN市役所OBで嘱託職員である小谷氏が管理者として常駐していて、実質的な仕事はほぼすべて彼が執りおこなっている。火野がいなくても回る職場なのだ。

火野はその職責上、市役所本庁か歴史資料館のどちらかに出勤することになるのだが、このシステムのおかげで火野の所在は誰にもわからなくなっている。本庁のホワイトボードの「火野」欄には「終日、資料館」と、歴史資料館のホワイトボードには「終日、本庁」と書かれたままだ。火野はたいてい遅い時間になって職場に現れるが、その際の弁解は決まって「いや、朝から向こうでちょっと作業してたもんで」である。

今日はどっちにいこうかなあ。研ぎ澄まされたコーヒーの香りを優雅に楽しみながら、火野は考えた。窓の外は雲ひとつない快晴で、スマホで見たニュースによれば、今日は七月としては比較的涼しい一日になるという。歴史資料館にいこう、と火野は決めた。市役所までは歩いて十分ほどの距離だが、歴史資料館までは自転車で二十分ほどかかる。酔い覚ましに、風に吹かれながら自転車に乗るのも悪くないと思ったのだった。

2

口笛を吹きながら、自転車をぶらぶらこいでいく。

流れていく風景は、最初の数分間だけ「ちょっとこじゃれた新興住宅地」という感じでけっこう華やかだが、すぐに瓦屋根の戸建住宅や古い木造アパートなどが立ち並ぶエリアに入り、さらにもう少しいくとまだらに田畑の入り混じった「近代日本の原風景」が現れる。人通りは少ない。学校をサボったと見える、原付に乗った茶髪の中高生と、たまにすれ違う。N市はヤンキーが多い、というのはよく耳にする話だ。

N市の人口は約二十五万人。東京都心とY市の両方から、三十分～一時間圏内に位置するベッドタウンだ。「それなり」のアクセスのよさと、都心と比べるとかなり安い地価のおかげで、人口は毎年増加傾向にある。とりわけこの数年の間でおこなわれた駅前の再開発により、私鉄と連携した大型商業施設や高層マンションが立ち並ぶようになってからは、若い夫婦を中心とした住民が急速に流入するようになった。

しかし、そうしたニュースに対する古参の住民の反応は、意外なほど冷めたものだ。昔からあった木造住宅は高層マンションのせいで日当たりが悪くなったし、人が増えすぎたおかげで休日にゆっくり座ってお茶が飲める場所もない。とりわけ深刻なのは新しい保育施設の開発が一向に進まないことで、待機児童の多さでは県内でもワースト一、二を誇る。

「なんでまた、わざわざN市なんかにくるんだろうね。こんなとこ、なんにもないのにさ」

N市で育った人の多くは、自嘲気味にそういう。もちろん「何もない」というのはいささか大げさな表現であって、生活に必要なものはたいてい市内で手に入るし、居酒屋、パチンコ屋、カラオケ店、キャバクラ、風俗店といった遊興施設は人口のわりに多すぎるぐらいだ（もっとも、昔から営業してきたこれらの店舗は、「クリーンで新しい駅前」を目指す都市開発の流れの中で徐々に追いやられつつあるのだが）。

ただ、N市がK県の中でもひときわ影の薄い町の一つであるのは事実で、関東以外で暮らす人は普通N市の名前すら知らないし、K県民でもN市がどこにあるかを正確に答えられる人は極めて少ない。つまりブランド力に乏しいのだ。もちろんその課題は市役所も自覚していて、町の認知度アップに向けた取り組みはいろいろ試みているのだが、それらがことごとく空転しているというのが現状である。

たとえば、ゆるキャラの「アメーバくん」。N市の北端には「いこいの森」という東京ドーム一個分の公園があり、その中心に「明鏡池」という大きな池がある。ところがこの池、名前に反して年中どろりと緑色に濁り、とりわけ夏は耐え難い悪臭を放つため、市民からは「アメーバ池」と呼ばれて忌み嫌われている。このアメーバ池の精霊という設定で登場したのがアメーバくんで、「愛・地球博」の「モリゾー」のような丸っこい大きな着ぐるみの表面に、ねばねばした緑色の「アメーバ」と呼ばれる玩具を付着させるという攻めのデザインが採用された。その前衛的でショッキングなルックスは一部のゆるキャラマニアから「これはアートだ!」と絶賛されたものの、大方の市民からは「子どもが泣く」「町のイメージが汚れる」「イメージだけじゃない、歩いたあとにこぼれ落ちたアメーバで町が実際に汚なくなる」などと強烈なバッシングを浴び、表舞台から姿を消すことになった。

その他にも地ビールブームに乗ってNビールをつくったり(思い付きでN市の特産品である豚肉の粉末を入れたフレーバービールだったが、「意味がわからない」「不味い」「なぜか飲むのに背徳感を覚える」などのクレームが殺到して生産中止になった)、アイドルブームに乗って「湘南N－KOMACHI」という三人組のテクノアイドルグループを結成させたり（N市は海に近くないし誰も「湘南」とは認識していない。そのため湘南と呼ばれる地域の住民はもちろん、市役所の卑屈な戦略に憤ったN市民からも批判を集めたし、明らかにヤンキー上がりと見えるメンバー三人が次々と妊娠・結婚したため一年で自然消滅した）と、職員たちが睡眠時間を削って練り上げたアイデアは今のところ見るも無残な連敗続きなのである。

そんなN市が次の手として繰り出そうとしているのが、歴女ブームに便乗した「歴史推し」だ。確かにN市には弥生時代から人が暮らしていた形跡があり、それなりの歴史があるといえないこともない。しかし基本的にはその後も長らくただの農村だったので大したネタもないし、近代以降もメジャーな軍人や政治家、文化人を輩出していない（ローカルな歌人や作家は少しいるが、認知度はほぼゼロだ）。

唯一、多少なりとも歴史を感じさせるのが浅川城《あさがわじよう》という小さな城址があることで、安土桃山時代には北条氏配下の小領主である山下茂部朝《もぶとも》がこの地を拠点にしていたという記録が残っている。

もっとも茂部朝は武将としては凡庸な人だったようで、戦で輝かしい功名を挙げた形跡はない。豊臣秀吉による関東攻略の際には小田原城同様大軍に包囲されたが、茂部朝は無抵抗のまま、北条配下の弱小武将の中で真っ先に城を明け渡して投降。命だけは保証されるという約束を反故《ほご》にされた挙句、あっさり切腹の憂き目にあったといわれる。たとえば埼玉の忍城《おしじよう》などは、同じく小国ながら小田原城の落城後まで抗戦を続けたことで知られ、後にベストセラー小説や映画の題材にもなったのだが、それとはえらい違いである。

しかしこの腰抜けぶりが今こそ逆に新しいのではないか、といいだしたのがハト派で知られるN市長で、山下茂部朝を「自分の命と引き換えに無用な戦を回避し、部下や領民の生活を守った平和主義的英雄」「浅川城の無血開城を実現したN市の勝海舟」として再評価するプロジェクトが始まったのが二年前。「二〇二五年の大河ドラマの主役にモブトモを！」というスローガンを掲げ、やや歴史に詳しいとされる職員が集まり資料集めや広報用冊子の作成などが進められて、先月にはついに念願の「山下茂部朝・等身大人形」と「山下茂部朝愛用の兜（レプリカ）」が歴史資料館に設置されたのだった。

歴史資料館に新しい展示物が登場したのは約二十年ぶりという画期的な出来事だったが、来客数に変化は見られない。「もしや日本中から物好きな歴史ファンが殺到するのではないか」とひそかに恐れていた火野も今ではすっかり安心しきって、今日もガラガラに違いない資料館に向けて悠々と自転車をこいでいるのである。

3

そのころ、火野の予想通り客が誰一人いない歴史資料館では、実質的管理者である小谷老人が山下茂部朝の等身大人形に付着したチリを払うべく、鼻歌交じりにハタキをかけていた。

N市で生まれ育って七十年余り、小谷氏はこの町に誰よりも強い愛と誇りを抱いており、郷里の英雄・山下茂部朝が脚光を浴びるのが楽しみでならず、毎日のようにせっせと清掃作業にいそしんでいる。その間、事務室は空になるが、こちらはアルバイトで事務をしている天本さんがいるので心配はいらない。

やがて、自動ドア（だが故障しているので手動で開けねばならない）がずりずりと音を立て開き、屋外から湿気を含んだ風とけたたましい蟬の鳴き声が流れ込んできた。

「いらっしゃいませ」

元気よく小谷氏は挨拶をするが、するりと入ってきたのは火野である。泥棒でもないのにするりというのも妙だが、これは火野が部屋に入ってきたときに多くの人が共通して抱く印象だ。それはドアの開け方と歩き方のせいなのかもしれない。火野はいつもドアを最低限の幅までしか開けない。そして、映画でよくある、ドアの下の隙間から差し入れられる手紙か何かのように、するりと侵入してくる。痩せた体つきや、いつも着ている黒っぽい服のせいか、入口を通過するときだけ奥行きのないもののように見えるのだ。そしてこちら側に入ってくると、再び厚みのある生身の人間に戻り、今度はぬらりと近づいてくる。

「なんだ、火野君かね。今日も遅いな」

小谷氏はハタキをかける手を止め、鋭い目つきで火野を見た。七十を過ぎているが豊かな銀髪をバッチリ七三にセットし、べっこうの眼鏡をかけたこの老嘱託職員は、今なおなかなかダンディかつ謹厳なオーラがある。

「いやあ」火野は頭をかきながらへらりと答える。「ちょいと本庁のほうで野暮用済ませてからきたもんでね」

「相変わらず嘘ばっかりだな」小谷氏は再び山下茂部朝像に向き直り、丁寧にハタキをかけはじめる。「さっき本庁から電話きたよ。火野がまだ出勤してこないんだけど、そっちにいってないかって」

「げげっ。まじっすか」ぺしっと額を叩きながら火野は大げさに嘆いて見せる。「あっちゃあ、まいっちんぐですねこれは。この失態、火野家末代までの恥。果たしてどう弁明すればよろしいものか」

「嘘だよ」小谷氏は思わず噴き出して火野を振り返る。「本庁があんたに用なんかあるもんかね。どうせ飲みすぎたんだろう?」

「どうしてわかるんです?」

「何いってんだ。いつものことじゃないか」

「えへへ。小谷さんにはかなわないなあ」

「まったく、困ったやつだよ……」

火野は背中を丸めながらひょこひょこと事務室へ向かう。小谷氏は現役時代非常に厳格な部長として恐れられ、今でも職員の多くが彼には頭が上がらないのだが、どういうわけか火野のことは大目に見ている節があった。

「まだこないのかな」火野が事務室に入るのと同時に、小谷氏は壁の時計を見てひとりごちた。「確か十時には届くって聞いたんだがな。いや、十二時の聞き違いだったかな」

小谷氏は老いてますます盛ん、ひょろりと伸びた火野などよりもよほど頑健な肉体の持ち主だが、さすがに近ごろは耳が遠くなってきたのを自覚している。首を傾げた。

4

「ちわーす」火野がするりと入ってきたのを横目で一瞥して、アルバイト事務員の天本さんは露骨に眉をひそめた。

小柄で童顔、縁なし眼鏡をかけた天本さんは「アニメやラノベには出てこないリアルな学級委員長」といった風貌で、優等生としては当然のごとく火野に冷たい。平気で遅刻してくるのが不快だし、市民の税を食《は》んでいるくせにろくに働かないのも腹立たしい。しかし何よりも嫌なのは火野特有のぬらぬらした動きだ。ドアの隙間から入り込んでくる姿など、自室にゴキブリが現れたときのような悪寒を感じてしまう。

「今日もお元気ですか、天本さん」

火野の存在を無視しようとしてパソコンに向かっているのに、横からぬっと顔を出して話しかけてくる。火野の方がかなり年上のはずなのに、なぜかいつも敬語だ。

「はい」

縁なしの眼鏡を右手で軽く直し、モニターから目を離さず答える。

「どうです、ここのお仕事にはもう慣れました？」

「はい」

天本さんはここで働いて半年になる。あんたよりよっぽど仕事できてるよ、といいたくなるのを我慢しながら、ことさらに音を立ててキーボードを叩く。マシンガンで群がる敵兵を退けようとでもするみたいに。しかしそれは逆効果だったらしく、

「天本さんのキーボードの音は実に官能的ですねえ。なんだか体中に風穴が空けられて鮮血が噴き出していくみたいな感じがするんだな。ほら、昔の水芸みたいな感じでね。真っ赤な鮮血の水芸か。壮観だろうなあ」嬉しそうに何やら気色悪いことを話しかけてくる。「ブラインドタッチっていうんすかそれ、天本さんぐらいの達人ともなると目隠ししてもちゃんと打てるものなんでしょうかね。どうです一度試してみませんか、眼鏡を外してもタイピングできるか。おれ、一度でいいから天本さんが眼鏡外したところ見てみたかったんすよ。よかったら手を貸しましょうか」

「けっこうです」可能な限り温度の低い声と表情で天本さんはいった。「仕事の邪魔ですから

無駄話はもうやめていただけますか」

「はいはい、わかりましたよ。つれないなあ」退散するかと思ったら、「ところで天本さん、今度おれと駆け落ちでもしませんか？」

わけがわからない。頭がくらくらするのを我慢しながら背後を振り返り、天本さんは辛抱強く警告する。

「無駄話はやめてください、といったはずですが？」

「無駄話じゃないから続けるんですよ」唐突に真顔になったせいで余計のっぺりした顔を、さらに近づけてくる。「ねえいいでしょ、今度どこかに駆け落っちゃいましょうよ。近ごろ暑いから北海道なんかどうです。北欧なんかもオツですがね」

殴ろう。グーだ。右手をマウスから離した瞬間、しかし火野は素早く身を離し、

「あはは。恋を語るにはまだ日が高すぎたか。これは失敬。出直します」

もう、自分のデスクで週刊誌を広げている。

ああ、ほんと、嫌になるわ。

背中に憑いた魔物を振り落とすように、天本さんはキーボードを叩き始める。

5

十二時前になって、小谷氏が事務室に戻ってきた。今日はよほど掃除に精を出していたのだなあ、と火野がぼんやり感心していると、

「火野君、私ちょっと出かけてきますよ」いつになく丁寧に申告する。

「お昼休みですか。どうぞどうぞ。わざわざ僕に断ることたあないすよ」

「いや、さっき電話があって、ちょっとうちのばあさんが庭いじり中にギックリ腰やっちゃったみたいでね」小谷老人は首をかしげながらいった。「大したことはないと思うんだけど、念のため病院に連れていこうと思ってさ。戻りがちょいと遅くなるかもしれない。でも、四時までには必ず戻るから」

「そうですか、それは大変ですね」さすがの火野もこういうときは神妙な顔になる。「後のことは気にしなくていいから、ゆっくりしてくるといいですよ」

「そうもいかんさ。それから天本さん、たぶん十二時過ぎぐらいに荷物が届くと思うから、受け取っておいてくれる？　大事なものだから取り扱いに気を付けて、そっと事務所に置いといてね」

「わかりました」

天本さんは眼鏡に手をやりながら答え、小谷氏は満足そうにうなずいて出ていった。

「荷物って何なんでしょうね」火野が訊くと、

「知りません」と天本さんはつれない。

「時に、もうお昼時ですね。一緒にお食事でもいかがです」

「駄目です。荷物も届くし、一人は電話番が残らないと」

天本さんはきっぱりと断り、バッグから弁当箱を取り出した。

「おや、お手製ですか。おれのぶんは……あるわけないか。こりゃまた失礼いたしました!」

おどけた口調で不意に叫び、何か民謡のようなものを口ずさみながら出ていく火野を、天本さんは怪訝なまなざしで見送る。彼女は『スーダラ節』を知らないのだ。

6

近くの蕎麦屋で天ざるを平らげ、一時過ぎに資料館へ戻る。天本さんは弁当を食べ終え、給湯室で沸かしたお湯で紅茶を飲みながら文庫本を読んでいた。天本さんは決して怠け者ではないが、資料館の事務仕事は多くない。午前中に集中して片付けると、午後は電話番以外にやることがないのだ。

しめしめ、今日は小谷さんもいないし口説くチャンスだぞ。と火野が邪悪な顔で舌なめずりをしていたら、表からどすんどすんと何か叩く音がする。何事だろう。

事務室から展示スペースへ出ると、自動ドアの前に女の子が立っているのが見える。ジーパンにTシャツ。小学校五年生か六年生ぐらいだろうか。背が高く、大人びたショートカットにしているせいで、赤いランドセルが異様に小さく見える。

火野は舌打ちをしながらドアを開けてやった。

「お嬢ちゃん、あまり乱暴にドアを叩くもんじゃないよ。故障してるんだ」

「あっそ」不機嫌そうに少女は憎まれ口をきく。「なおすお金ないの？」

「エコだよエコ。うちは余計な電気を使わない方針なんだ。で、何しにきたの」

「見学に決まってるでしょ。それよりおじさん、役所の人？　そうは見えないけど」

いかにも怪しげな目で火野を見上げている。

「違う違う。お嬢ちゃん、君は重大な誤解をしているよ」

「やっぱり役所の人じゃないんだね」

「いや、役所の人だよ。問題はそこじゃなくてね、僕はおじさんじゃなくておにいさんなんだよ。君、いい間違えたんだよね？」

「ねえ、ほんとにおじさん、役所の人？」

「いや、だからおれはまだアラサーだからさ、おじさんじゃなくて……」

ドアを挟んだまま不毛な押し問答をしているところへ、天本さんがやってきた。

「火野さん、何してるんですか。あらお嬢さん、施設見学？」

少女はうなずく。「おねえさん、このおじさんほんとに役所の人ですか？　なんかすごい怪しいんですけど」

天本さんはにっこり微笑み、少女を中に入れてドアを閉めた。「そうなのよ、残念ながら。でもね、別に怖いおじさんではないから我慢してね」

「おじさん……」天本さんまで。傷ついて呆然としている火野に、

「じゃあ、この子の案内、お願いしますね」天本さんは平然と指示する。

「え？　おれ？　天本さんの出番でしょ、ここは」

「私の仕事は事務と電話番です。契約外のことはできません。小谷さんの代役は火野さんの務めです」

きっぱりといい残し、事務室へ消えてしまった。

「まいったなあ」

火野は不承不承《ふしょうぶしょう》、少女を案内することになった。とはいえ歴史資料館の展示内容も、N市の歴史も、火野はまったく知らない。少女もさして歴史に興味があるようには見えない。二人は言葉少なに、弥生時代にあったとされる原始的な住居のレプリカや、明治期の農機具など、今ひとつパッとしない展示物を眺めながら歩いていく。

「そういえば、学校はどうしたの。まだ授業あるでしょ」ふと思いついて火野が訊くと、

「いってない」少女は平然と答える。「朝から涼しい場所いってブラブラしてる」

「どこの学校？　こういうときは学校に報告しなきゃいけないことになってるんだよ」

「おじさんだって仕事サボってよく遊んでるじゃん」

「何を根拠にそんな失敬ないいがかりをつけるのかね」威厳に満ちて火野は宣言する。「おにいさんほど真面目な役人は日本中探してもいない。ウィキペディアにもそう書いてあるのだよ」

「四時ぐらいからスナックでお酒飲むのも仕事なの?」

「え?」せっかくの威厳が急速にしぼむ。「何を、根拠に……」

「駅前センター街の「スナックいざなみ」。あのお店のママ、私のママなの」

退屈そうに展示物を眺めている少女の横顔を、思わず見つめる。確かに、似ている。あの、アンニュイな色気に満ちているくせにやたら口の軽い「なみママ」に。これはまずい。

「さて、お嬢さん。次は何をご案内いたしましょうか」

火野の態度は急にうやうやしくなり、少女は満足げに微笑む。「あれは?」と指さすほうを見ると、着流しの男の映ったモノクロ写真。ガラスケースの中に原稿用紙らしいものが入っているから、たぶん作家だ。誰だろう。知らん。まあ子どもが相手だ。適当にしのぐか。

「あれは太宰治だね。『走れメロス』などの晩年の名作はこの町で書かれ、最後は師匠である川端康成と二人でガス自殺を遂げたんだ」

「へえ」無関心そうにつぶやく。「じゃあ、あれは?」

今度は真新しい山下茂部朝《もぶとも》の等身大人形を指す。

「ああ、あれは源頼朝だよ」

火野は市が仕掛けているモブトモブームのこともろくに知らない。

「嘘だ。ミナモトノヨリトモじゃないよ。教科書に載ってた顔と全然違うもん」

近づいてみると、確かに「山下茂部朝」と名前の書いた札が立っている。兜のレプリカもある。だが、それ以外の説明書きが一切ないので、何者なのかよくわからない。

「いつの時代の人なの？」

「平安末期から鎌倉時代にかけて活躍した武将さ。あまり名前は知られてないけれど、源頼朝の遠縁にあたる人で、源義経と共に平家討伐で活躍した陰の立役者なんだよ。真面目な人だったのに、義経には平清盛のスパイと疑われて冷遇され、平家滅亡の後は、頼朝から義経と通じ鎌倉へ謀反を企てているとの嫌疑をかけられて自害に追いやられた。源平合戦における真の悲劇のヒーローはね、実は彼なんですよ」

「へえ。かわいそうな人なんだ」

今度は少し興味がわいたのか、しばらくその場に立っている。

「君はかわいそうな人が好きなの？」

少女は黙ってうなずく。ああ、そういう「好きになり方」はあぶない。いつかろくでもない男に騙されるぞ。火野はひそかに少女の未来を案じたが、まだ早いと思い、黙っている。

「おじさんは嘘が好きなんだね」

「そんなことないよ。嘘なんて大嫌いだ」

「じゃあどうして嘘ばかりつくの？」

「本当のことばかりだと、みんな飽きてきちゃうんだよ。嘘の中にときたま本当があると、ありがたみがあるだろ？」

少女はわけがわからない、という感じで首を振った。たぶんこれも嘘だと思っているんだろうな、と考えていると、少女が不意にテンションの高い声で、

「ねえ、あれは？」と叫んだ。親譲りのアンニュイが薄れ、急に若返った感じがする。

「ああ、あれはね、アメーバくんだよ」

火野は初めて展示物に関して「本当のこと」を述べた。事実上の引退に追い込まれたN市のゆるキャラ「アメーバくん」は、本庁に置き場所がないという口実のもと（実際にはあったのだが職員に気味悪がられて）、この資料館に運び込まれたのだ。今は薄暗い部屋の隅で、ショットガンで撃ち殺されたモンスターのような姿勢で壁にもたれている。

「見ていい？」少女はアメーバくんに駆け寄る。「アメーバくん、久しぶりに見た！　こんなところにいたんだね！」

「アメーバくんのこと、知ってるの？　ほとんど出番がなかったんだけどな、こいつ」

「私、このヒトのことが大好きで、出演するイベントは全部見にいってたんだ」トトロに初めて出会ったメイみたいに瞳を輝かせて、少女はドロドロに溶けかけた着ぐるみを見つめている。

「みんな気持ち悪いっていってたけど、私はそうは思わなかった」

変わった趣味もあるもんだな。火野は感心したが、実をいうと火野もアメーバくんのことがけっこう気に入っていた。それどころか、表面におもちゃのアメーバを塗りたくればいい、と面白半分でデザイン担当者に進言したのも何を隠そう火野なのである。それを思い出すと、この少女とアメーバくんとの邂逅が何か感動的なシーンのように見えてきた。

「よかったらこれ、かぶってみるかい？」火野が提案してみると、

「私がアメーバくんになるの？」

「そうさ」シンデレラに魔法をかける魔女の気分になって、火野はいった。

7

少女はアメーバくんと一体化する体験にひどく興奮し、ひとしきり資料館の中を練り歩き、スマホで火野に写真撮影をさせ、事務室に突如押し入って天本さんを絶叫させた。その後は何となく三人で盛り上がり（いつになく天本さんも気を許し）、一緒に記念撮影をしたり、アメーバくんに勝手なキャラクター設定をして寸劇を演じたりもした。せっかく午前中に小谷老人が掃除した展示スペースは、すっかり着ぐるみからこぼれ落ちたアメーバで汚れてしまったものの、どうせ誰もこないんだから構わないだろうと火野は高をくくっていたのだった。

ところが、こういうときに限って不意の来客はあるものだ。

「ごめんください」

自動ドアの前に立っているのは、四人の大人だ。そのうち一人は大型のビデオカメラを担いでおり、一目でマスコミ関係者だとわかる。なんだか嫌な予感がする。

「すいませんね、故障してるもので。どちら様でしょう」

火野がずりずりとドアを開けながら訊くと、

「ＢＳのＮＴＶです。本日、十四時から『歴女の穴場探訪記』の撮影でお約束を頂戴していたんですが……」

「え、聞いてませんよ」といおうとした火野を遮り、

「あ、担当の小谷から聞いております。お待ちしておりました」

涼しい声で天本さんが彼らを招き入れた。

「え、そうなんですか？　おれ、小谷さんから何も聞いてませんよ」

天本さんに訊くと、

「そりゃあ火野さんにいっても仕方ないですから」

と、平気なものだ。さっきまで一緒になって遊んでたくせに。

「小谷さん、なんでまだ帰ってこないんだろう」火野はひそひそ声で続ける。

「さあ。奥様の具合がよくないのかもしれませんよ」

「でも、出かけるとき四時には帰る、とかいってた気がする。時間、勘違いしてるんじゃない

かな。ちょっと携帯にかけてみる」

だが、電源が切れていてつながらない。病院にいるからだろうか。

「あの、何か？　小谷さんはどちらに？」

ディレクターらしき髭もじゃの男が、不安げに火野に尋ねる。

「いや、ちょっと用事で出かけちゃってて。少し待ってもらえます？」

「え。はあ」ディレクターは眉をひそめた。「どれぐらいでしょう？」

「四時には確実に戻ると思うんですがね」

「それは困るわ」横から割り込んできたのは真っ赤なワンピースを着た細身の女だ。リポーター役のタレントだろうか。なかなかの美人だがちょっと派手すぎる。「私、この後ロスに飛ばなくちゃいけないんだもの。飛行機に遅れたら大変なのよ」

「あれ、三川さん？　三川さんの奥さんじゃないですか」

火野は驚いて女に声をかけた。同僚の妻と顔立ちがよく似ているのだ。しかし話し方や服装はまるで別人で、ほとんど「変装」の域である。

「何いってるの？　人違いです」女はめんどくさそうに答えた。「私はニューヨーク在住のファッションデザイナー、タカシナケイコです。ただし今日はデザイナーとしてではなく、女優兼歴女代表としてお邪魔したの。今N市が推している郷土の英雄、山下茂部朝の特集のために」

「はあ、これは失敬。しかしよく似てるなあ」

火野は首をひねるが、世界中探せば三人はそっくりな人がいるともいう。声も全然違うし、別人なのだろうと納得した。

一方、タカシナケイコ（芸名）はこの撮影を早く終わらせなければならないと考えていた。飛行機の件だけではない。彼女の双子の姉が、N市の隣町で暮らしている。姉やその知り合いに見つかる可能性を危惧していたのだが、案の定さっそく出くわしてしまった。このテレビ出演のことは、あまり人に知られたくない。久々にテレビの仕事だと聞いて安請け合いしたものの、マイナーな地方局、しかもBSの、ダサい地方紹介番組の一コーナーだったからだ。もちろん本当は歴史にも興味はない。

「まいったな。小谷さんの代わりに天本さんが出るのはどうです」火野は打診するが、

「駄目です。規約違反です。私はバイトですから」と、にべもない。

タカシナケイコの苛立ちは募る一方だし、髭もじゃのディレクターも焦り始めた。実はこの髭もじゃもちょっと司馬遼太郎をかじった程度の歴史ファンで郷土史には疎く、山下茂部朝のことは「戦国武将である」ということぐらいしか知らされていない。この十五分番組はN市のごり押しで作ることになった番組に過ぎず、思い入れもないし早く終わらせたい。膠着状態が極まったそのとき、

「あのう、火野さんって歴史資料館の館長なんですよね」受け取った名刺をまじまじ見つめて

いたカメラマンの若い男がつぶやいた。「館長さんが出演して施設の説明するってことで、特に問題ないいんじゃないすか?」

さらに、「このおじさん、さっきも私にいろいろ教えてくれたよ」と傍らで所在なげに立っていたアメーバくんが突然声を発し、それが置き物だと思い込んでいた四人の訪問者は一斉にのけぞる。「これ、動くんですか」「気持ち悪いですね」「ゆるキャラ? 確かに材質はゆるいけど」「でも声はかわいいし、この頼りない館長だけ出てくるよりは絵的にインパクトあるかも」などとテレビマンたちは丸聞こえのひそひそ声で相談し合い、結局火野とアメーバくんの二人が資料館の案内役として出演することに決まってしまった。

「ねえ天本さん、やっぱりこれ、まずくないすか?」事務室に天本さんを連れ込み、火野は情けない声を出す。「おれ、モブトモのことなんかほとんど知らないし、インタビューされても何も答えられませんよ」

「私だって知りませんよ」天本さんは学級委員長風に眼鏡を冷たく光らせている。「人形のそばに置いてある説明書きを見ればわかるんじゃないですか?」

「いや、なかったですよそんなの。ねえ、お願いだから天本さん、一緒に出演してくださいよ。こういうかたちで二人の思い出が増えるのも意外に悪くないかもしれないし……」

「いいえ、ダメです」天本さんは得もいわれぬサディスティックな興奮がこみ上げてくるのを感じながらいい放った。「これは、火野さんの仕事です」

面倒だなあ、やっぱり今日は本庁のほうにいけばよかったなあ。ぶつぶつ愚痴をいいながら、火野は背中を丸めたまま薄くドアを開けて、展示スペースへするりと出ていく。

ああ、嫌だ。あの出入りの仕方。ゾクゾクするのよ。天本さんはうっとりと目を細めながら、その後ろ姿を見送るのだった。

8

小谷老人が妻を病院から家に連れて帰り、資料館へ戻ってきたのは三時五十五分だった。撮影はとうに終わり、テレビマンたちももういない。アメーバくんになりきって火野を補助してくれた不良少女も家に帰った。

小谷氏はやはり、撮影開始時間を四時からだと勘違いしていたのだった。小谷氏は晴れの舞台を逃した痛恨のミスを悔やみ、自責の念にひどく落ち込んでしまったが、火野と天本さんが二人がかりでなだめ、ようやく落ち着いてきた。

しかし、改めて山下茂部朝像の前に立ったとき、「あっ」と急に大きな声を出した。

「山下茂部朝の解説文が出てないじゃないか!」

「そんなもん、朝からなかったですよ」

「いや、おととい誤字が見つかったんで再発注してたんだよ。十時か十二時に新しいのが届くはずだったんだけど……」

「大きいパネルみたいな荷物ならお昼前に届きましたよ」と天本さんが報告した。「大事に扱うようおっしゃったので、包装を解かずに事務所に立てかけてあります」

「なんたること……」再びヘナヘナと崩れ落ちそうになる老職員を見て、さすがにクールな天本さんも気の毒になったのか、

「大丈夫ですよ。歴女を名乗る女優さんも、歴史番組担当のディレクターさんも「いやあ、我々もずいぶん不勉強で失礼しました。さすが地元の方々の知識は違いますね」なんてしきりに感心して帰っていきましたから」と優しくフォローする。

「そうそう。僕がうまいことやっときましたから。心配ご無用ですよ」火野も乗っかる。

「そうか、火野君、すまなかったな。今回は恩に着るよ」

「いえいえ、やめてくださいよ」火野はニタニタ照れ笑いをしながら首を振り、「それじゃ、野暮用を片付けに本庁のほうへいってきます」

自動ドアをちょっと開けて、出ていく。

「なんだか風のように去っていくねえ、あの男は」

なぜかやけにぬるぬるする床を踏みしめながら、老人は火野の背中を見送り、これだからあの火野という男は底が知れんのだ、と考えた。他の連中はすげなく扱っているが、いざというときにはやる男なのだ。今のような閑職に放っておかず、いっそ部長とか副市長とか、要職を

任せてみたら案外ものすごい力を発揮するかもしれない……。

9

小谷氏が、制作スケジュールの都合上ノーチェックで放映された『歴女の穴場探訪記』を自宅で見て卒倒し、あわや救急車が出動するかという騒ぎになったのは、ちょうど一週間後の夜であった。

「タンゴ・イン・ザ・ダーク」は第三十三回太宰治賞受賞作品、
「火野の優雅なる一日」は書き下ろしです。

装画　木内達朗
装幀　アルビレオ

サクラ・ヒロ
一九七九年、大阪府出身。
立命館大学文学部卒業。
「タンゴ・イン・ザ・ダーク」で、
第三十三回太宰治賞を受賞。

タンゴ・イン・ザ・ダーク

二〇一七年一一月二五日　初版第一刷発行

著　者　サクラ・ヒロ
発行者　山野浩一
発行所　株式会社筑摩書房
東京都台東区蔵前二-五-三／郵便番号一一一-八七五五
振替　〇〇一六〇-八-四一二三
印　刷　株式会社精興社
製　本　株式会社積信堂

ISBN978-4-480-80476-1　C0093

乱丁・落丁本の場合は、御面倒ですが左記に御送付下さい。
送料小社負担にてお取替え致します。
ご注文・お問い合わせも左記へお願いします。
〒三三一-八五〇七　さいたま市北区櫛引町二-六〇四
筑摩書房サービスセンター　ＴＥＬ　〇四八-六五一-〇〇五三

◉筑摩書房の本◉

〈ちくま文庫〉
こちらあみ子
今村夏子

あみ子の純粋な行動が周囲の人々を否応なく変えていく。第26回太宰治賞、第24回三島由紀夫賞受賞作。書き下ろし「チズさん」収録。　解説　町田康／穂村弘

〈ちくま文庫〉
君は永遠にそいつらより若い
津村記久子

22歳処女。いや「女の童貞」と呼んでほしい——。日常の底に潜むうっすらとした悪意を独特の筆致で描く。第21回太宰治賞受賞作。　解説　松浦理英子

〈ちくま文庫〉
アレグリアとは仕事はできない
津村記久子

彼女はどうしようもない性悪だった。すぐ休み単純労働をバカにし男性社員に媚を売る。大型コピー機とミノベとの仁義なき戦い！　解説　千野帽子

〈ちくま文庫〉
まともな家の子供はいない
津村記久子

セキコには居場所がなかった。うちには父親がいる。うざい母親、テキトーな妹。まともな家なんてどこにもない！　中3女子、怒りの物語。　解説　岩宮恵子